種のキモチ

山田悠介

幻冬舎文庫

種のキモチ

目次

第一話　開花

アタシには今日が何月何日なのか、また、何曜日なのかすら分からない。

そんなのとっくに忘れたわ。

最初のころは日付も曜日も把握していたけれど、無意味だって気づいてから考えるのをやめたの。

ただ季節は分かる。

今は秋。きっと近くの公園やアタシが通っていた学校、それに帰り道だった銀杏《いちょう》並木の根元には今、秋桜《コスモス》が綺麗に咲き誇っているんでしょうね。

ただし、アタシは秋よりも、花が咲き乱れる春が好き。染井吉野の下に立って、いっぱいに咲いた花をずっと見ていた子供のころが今でも懐かしい。

さぞかし美しいんでしょうね。

ああ、想像じゃなくて、一瞬でもいいから満開の桜を見たい。

自由な人間が羨ましいわ。

鮮やかな景色とは逆に、アタシは暗い蔵の中。

この小さな蔵の中に閉じ込められてから、今日でちょうど七千日。

毎朝蔵の壁に、落ちていた釘で細い線を刻んできたから嫌でも分かるの。

ここで何日過ごしたかなんてどうでもいいし、忘れてもよかったんだけれど、線を刻むのはやめなかった。

今になって、アタシはやっとその理由が分かったわ。

今のアタシがしているように、幼いころからアタシは心のどこかで誰かに自分の存在、そしてこの中で生き続けていることを知ってほしかったのね……。

フフフ、おかげで蔵の壁は傷だらけ。アタシの手が届く範囲はもう、記すスペースがないくらい。

もっとも、スペースがたくさんあったとしても埋まるどころか、明日、七千一本目の線を刻めるかどうかも分からない。

アタシの中に宿る生命の光が、だんだん小さくなっているのが分かるの。

まだ辛うじて生きてはいるけれど、もうじき息絶えるわ。

死ぬのは怖くない。

ただ一つだけ心残りがある。

蔵には今、野菊《のぎく》、竜胆《りんどう》、彼岸花《ひがんばな》、そしてアタシが名付けた新種の花『新月美人《しんげつびじん》』の花が咲いているわ。

もちろん、全てアタシが育てた花よ。

この約二十年間、蔵の中で大事に大事に育ててきたの。

花は、アタシの大切な友達。

だから、花たちを死なせたくはないの……。


死が迫っているからかしら、昔の記憶が、現実で起こっているかのようにはっきりと頭に浮かぶわ。

アタシが蔵の中に閉じ込められたのは、ちょうど十歳になったばかりのころだった。

アタシは千葉県の館山という場所で生まれ育ち、父と母と三人で普通に暮らしていたわ。

アタシは幼いころから花が大好きで、買ってもらうのはいつも花の種とか、花の図鑑とか、花に関する物ばかりだった。

だから庭にはいつもたくさんの花が咲いていたし、小学校に上がるころには、世界中の花の名を知っていたわ。

そのころの将来の夢は、単純だけれどお花屋さんになることだった。花に囲まれているだけで幸せだと思っていた。

そんな、ある日のことだった。

アタシの人生を狂わす出来事が起こった。

父親が痴漢で捕まったの。電車の中で、若い女性の身体《からだ》を触ったんですって。

すぐに噂は広まって、アタシは母親からではなく、学校の男子から聞かされた。

ギャンブルも、酒も、タバコも一切やらない真面目な父親だったから信じられなかった。

まったく、呆《あき》れて物も言えないわよ。

よりによって痴漢だなんて、一番恥ずかしい罪じゃない？

まだ盗みとか、殺しとかで捕まってくれたほうがよかった。

当然父は会社をクビになって、両親は離婚した。偶然、母が父に離婚届を渡したところを見たのだけれど、全然ショックは受けなかったわ。

離婚後、母は館山には住めないからと言って、アタシを連れて神奈川県の平塚に越して、近くのスーパーで仕事を始めた。

狭いアパートだったからベランダは無かったけれど、大家さんがとても良い人で、大家さんの家の庭を貸してもらえて、アタシはそこにたくさんの花を植えて育てたわ。だから、貧しい暮らしだったけれど、そのときは幸せだった。

それから一年が過ぎたころかしら、当時住んでいたアパートに、一人の男がやってきた。

中村孝志《なかむらたかし》。

母は恥ずかしそうにアタシに男を紹介したわ。年齢は聞かされなかったけれど、明らかに母よりは若かった。

それにもう一つ、母が言わなかったことがある。

それは、母と中村がどのようにして知り合ったのか、だった。

一つだけ確かなのは、中村は母が勤めていたスーパーの店員ではなかった、ということ。

それは一目会ったときから感じ取っていた。

髪は茶色に染めていて、両耳にはピアス。服装だってチャラチャラとしていて、子供だったアタシでも、スーパーの店員ではないことくらい分かったわ。

後で分かったことだけれど、中村はパチンコやスロットでお金を稼いでいたの。

それを踏まえて考えると、二人はパチンコ屋で出会い、恋にまで発展してしまった。もしくは、母の勤めるスーパーに中村が客としてやってきて、母に声をかけて交際が始まった。

考えられるのはその二つだけれど、アタシは何となく前者のような気がするわ。

母はギャンブルになんて一切手を出さない人だったけれど、父の痴漢や離婚で精神的に少しおかしくなっていたし、さらには仕事での疲労とストレスが溜まっていたから、ついフラリとパチンコ屋に入ってしまったのだと思うわ。

ううん、もしかしたらすでに中毒になっていたのかもしれないけれどね、フフフ。

いずれにせよ、母は男を見る目がない女だった。

中村はアタシたちにやけに優しく接していたけれど、アタシは最初からどこか怪しい雰囲気を感じていたわ。

だから母の口から、一緒になろうと思う、あの人が新しいパパでもいい？　と聞かれたときは絶対に嫌だと言った。

それでも中村にのめり込んでいた母には何を言っても無駄で、とうとう中村と一緒になることを選んでしまった。

中村の住む家は、アタシたちが住んでいたアパートから三キロほど離れた所にあった。

意外にも立派な屋敷で、敷地の端には小さな蔵。

そう、アタシが今いるこの蔵よ。

見るからに古くて、木の扉には大きな鍵がかけられていた。

初めて蔵を見たとき、何だか不気味に思ったわ。

蔵を見つめるアタシに中村はこう言った。

ここがお父さんの家だよ、今日からここで一緒に暮らすんだよ。

当時アタシは幼いながらも、中村みたいな不真面目な人間がこんな立派な家に住んでいるのはおかしいと思ったわ。それ以前に、自分のことをお父さんと言う中村にとてつもない嫌悪感を抱いていた。

アタシが思ったとおり、屋敷はもともと彼の母親が所有していた物だった。その母親が死んだから、遺産を相続して中村の所有物になったってだけ。それを自慢気に、ホント馬鹿な男だった。

中村は、自分のことを父親と呼ばない、父親と認めないアタシの気持ちを知ってか知らずか、アタシに色々な物を与えたわ。

十帖以上ある広い部屋に、たくさんの洋服、少女漫画、着せ替え人形……。

でもアタシはそんな物など要らなかった。アタシが欲しかったのは綺麗な花。

毎日他人の家で他人と暮らすのは嫌だったけれど、唯一の救いは庭が大きかったこと。南向きだったし、草花を育てるにはとても適していたの。

アタシは中村にありとあらゆる種を買わせて、庭中にたくさんの種を蒔《ま》いたわ。

中村はアタシに気に入られようと、いつも一緒に水を撒いていた。芽が出ると喜び、花が咲くと綺麗だねと言ったわ。

逆に母のほうはアタシが育てた花にはまったく興味を示さなかった。中村と出会う前は、庭に咲く花を一緒に育ててくれていたのに。

母は中村と暮らすようになって明らかに変わった。

だんだん化粧が濃くなって、ブランド物にはまったく興味がなかったのに、高価な物を買うようになっていった。タバコや酒にも手を出すようになった。

しばらくすると勤め先のスーパーを辞めて、毎朝中村と一緒に家を出るようになった。

挙げ句の果てには、母は花だけじゃなくアタシにも興味を抱かなくなった。

だからアタシは毎年五月に渡していたカーネーションを、その年は渡さなかった。

悲しかったからじゃないわ。

カーネーションの花言葉と同じ、『母への想い』が消えたから。

毎日パチンコで金を稼ぐ中村に、頭のネジが外れた母親。

馬鹿で愚かな二人と生活するのは、最悪の一言だったわ。

アタシの毎日の楽しみは、庭に植えた花を育てること。

でも、そんな日々は長くは続かなかった。

アタシが十歳になる年の六月五日。

庭一面に様々な花が咲いていたころだった。

母が事故で死んだの。

夜中、ガードレールに突っ込んで民家の畑に落ちたそうよ。飲酒運転だって。

今でも笑うわ。何それってね。

飲酒運転している時点で愚かだけれど、畑に落ちて死ぬなんて運悪すぎじゃない？

アンタの人生いったい何だったのって言ってやりたいわ。

アタシは当時も冷めてたわ。母が死んだからって何も思わなかった。むしろホッとしたわ。これ以上醜い母を見なくて済むって。

葬儀のとき、アタシはみんなと違って母にオジギソウを手向けたわ。『復讐』とか『復讐心』という花言葉を持つアザミ、あるいは『呪い』のクロユリを手向けても良かったんだけれど、一番合っているのはやっぱりオジギソウだった。

ちなみにオジギソウの花言葉は『失望』よ。


母が死んでもアタシはその後の心配はしてなかったわ。なるようになるって思っていたから。

でも意外なことに、母が死んだあとも中村はアタシの面倒を見たの。たった二ヶ月程度だったけどね。

中村に新たな女ができたの。それは中村が電話しているときに知ったわ。デレデレ話していたから。

それにしても母が死んで二ヶ月余りだというのに呆れるわ。

ただの女好きなのか、それとも寂しがり屋なのかよく分からない男だったわね。

新しい女ができると中村は人が変わったようにアタシを邪魔者扱いした。当然と言えば当然ね。

そしてある日の夜、アタシを自動車に乗せて中村はどこかへ向かった。何を聞いても中村は答えなかったけれど、目隠しをされていたわけじゃないから、どこかの山に登っているのだけは分かった。

着いたのは、人がまったくいない真っ暗闇の休憩所。

中村はアタシを降ろすと、ここで少し待ってて、すぐに戻ってくるから、と優しい声で言って、休憩所を去っていった。

アタシは、中村が戻ってこないことを知っていた。でも一人で山を下りようとも思わなかった。

生きることに執着していなかったから。

アタシは暗闇の中、休憩所のベンチに座ってぼんやりと空を眺めていた。

その夜星がたくさん見えて、ああ、星も花と同じように綺麗だなと思ったのを、今でも憶えてる。

それから三十分が過ぎたころだったかしら。

一台の車が休憩所にやってきた。

意外にも中村だったわ。

あのとき中村は、アタシを休憩所に捨てて誰かに面倒を見させることを考えていたに違いないけれど、山を下りる途中、アタシが死んで警察沙汰にでもなったらとか、いろいろな心配が頭を過《よぎ》ったのよ。だから戻ってきたのね。

一人で待たせてゴメンねと中村は言ったけれど、まったく感情がこもっていなかったわ。オドオドしていて、額からはたくさんの汗が流れてた。

家に着くと、その夜はいつもと同じようにアタシは部屋で眠ったわ。

でも次の朝だった。

起きて部屋を出ると中村が扉の前に立っていて、アタシの腕を摑んで言ったの。

おいで、って。

中村の左手にはわずかに錆の浮いた鍵が握られていて、何を言っても何を聞いても中村は無言のままだった。

着いたのはここ。

古くて小さな蔵だった。

中村は蔵にかけられた鍵を外すと、扉を開けた。

中は埃《ほこり》っぽくて、天井付近にある二つの格子窓から光がうっすらと射していた。

光は『×』を描くように交差していて、その光の中で、埃がまるでダンスしているように見えた。

蔵の隅っこにはハシゴや掃除道具、それにいろんなガラクタがしまわれていた。

アタシはすぐに察知したわ。

ここに閉じ込められるんだって。

でも泣きも叫びもしなかった。

中村はアタシに、絶対に声を出してはいけない、この中で静かにしているんだよ、と言った。

アタシは蔵の中に入って、汚い床の上に座ってじっとしてた。

しばらくして女の声が聞こえてきた。

それでもアタシは助けを呼ぶことなく、時間が過ぎるのを静かに待ったわ。

それから数時間が経って、中村と女が車に乗ってどこかへ行ったのが分かった。

中村が帰ってきたのは、正確な時刻は分からないけれど、深夜十二時を回っていた気がするわ。

でも中村は蔵の鍵を開けなかった。

代わりにトンカチやノコギリを使って、木の扉に小さな丸い穴を開けたの。

さすがのアタシも何のために穴を開けたのか分からなかったけれど、すぐにその答えが分かったわ。

中村はコンビニで買ってきたおにぎりと水の入ったペットボトルを、その穴を通してアタシに渡してきたの。

そのときアタシは、中村はアタシを一生ここに閉じ込めておく気だということを知った。

アタシは中村に助けを請うことはしなかった。

受け入れたわけではないけれど、当時のアタシは自分がどうなったってかまわなかった。

でもその代わり中村にある条件を出した。

庭に咲いている花を鉢に植え替えて蔵の中に運んでちょうだい、と。

中村は喜んで了承したわ。

そりゃそうよね、それでアタシの面倒を見なくて済むなら安いモンだわよ。

中村は翌日たくさんの鉢を買ってきて、庭に咲いている様々な花を鉢に植え替えて蔵の前に運んだ。

アタシは小さな穴から中村の姿をじっと見つめていたのだけれど、そのときの中村の顔は生き生きしていたわ。

ほぼ全ての花を鉢に植え替えた中村は、アタシが逃げないか警戒しながら扉を開けた。

アタシは逃げるどころか、中村と一緒に花を蔵の中に運んだわ。

見違えるほど蔵の中が鮮やかになって、たくさんの花に囲まれたアタシは、苦痛どころか幸せな気持ちになった。

中村は、蔵の中で花に話しかけるアタシにただ一言、この中で大人しくしているんだよ、と言って蔵の扉を閉めた。

それっきり、蔵の扉が開いたことはない――。


中村は毎日パチンコ屋に出かける朝と、帰ってきた晩にご飯を持ってきた。

ご飯と言ってもコンビニのおにぎりやパンや牛乳だけれど。たまに不憫《ふびん》に思ったのか、お菓子やジュースを持ってきたこともあったわね。

アタシは薄暗い蔵の中でご飯を食べ、中村から与えられた水で大事に大事に花を育てた。もちろん寂しいなんて思ったことはないわ。

でも数日経って、ある不安を抱いた。

水はあるけれど、暗い所では花は育たないのではないかって。

蔵には格子窓が二つあって陽の光は射すけれど、こんな弱い光で大丈夫かなって。

アタシは心配を抱きながら彼岸花から種を採取して、祈るような想いで鉢に植えたわ。

それから七日後、芽が出てきたときは安心した。二ヶ月もすると綺麗な花が咲いたわ。

言葉では言い表せないくらい嬉しかった。また新しい友達ができたような、そんな気分だった。

ただ、陽の光が十分に当たらない薄暗い蔵の中ではどの花も長生きはしなかった。次々に枯れていって、そのたびにアタシは種を植えていった。

蔵に閉じ込められてから三ヶ月くらいが経ったころかしら、鉢の土が腐っているんじゃないかと思って、ちょうど蔵の中にシャベルがあったから、陽の当たる部分の床を叩き壊して、その下に種を蒔いたの。鉢で育てるよりもよく成長したし、長生きしてくれたわ。

それでも残念ながら、ほとんどの種類が全滅してしまった。

最初にも言ったわね。今蔵に咲いているのは野菊、竜胆、彼岸花、そしてアタシが名付けた新月美人の花。

ずっと蔵の中で咲き続けてきた花の子孫が、今もこうして薄暗い蔵の中で健気《けなげ》に咲いている。

何だかいろいろな想いが過って、涙が出てきたわ。

そう、今思い出したけれど、蔵に閉じ込められてから間もないころ、当時アタシの担任だった教師が家にやってきたことがあった。

名前はとっくに忘れたわ。若い女性だったことだけは憶えてる。

その教師はアタシを心配して家にやってきたのだけれど、アタシは担任教師にも助けを求めなかった。教師もまた、アタシの気配には気づかずに帰っていった。

その教師が来たのは一度きり。中村はアタシに何も言わなかったけれど、たぶんその教師に、母親の親戚に預けたとか適当なことを言って教師を納得させたんでしょう。

ちなみに、クラスメイトは一人も来なかったわ。

＊

一年が過ぎても中村は相変わらずだった。アタシが大人しくしているのをいいことに、そ知らぬ顔でパチンコ屋に出かけ、一週間に一度のペースで女を家に連れ込んでいたわ。

　アタシを蔵に閉じ込めているにもかかわらず、女と一緒のときは小さな穴にすら目をくれなかった。

　アタシはそんな中村を小さな穴からじっと見つめていたわ。時々女の変な叫び声が聞こえてくることがあったけれど、不思議と家から出てきた二人は気持ち悪いくらい仲良さそうにしていたわね。

　そんな二人が嘘みたいに毎回のように喧嘩するようになったのは、さらに三ヶ月が経ったころかしら。時には、アタシが蔵にいるのを忘れているかのように外で大喧嘩したこともあったわね。

　今でも思い出すと笑えてくるわ、フフフ。

　二人がいつ別れたのか知らないけれど、そう時間が経たないうちに中村は違う女を連れてきたわ。

　でも長続きせず、また別の女。

　それを五年間で二十回以上は繰り返していたわね。

女たちはいったいどういうつもりで中村なんかと付き合っていたのかしらね。お金だけは持っている感じだったから、全ての女が金目当てだったのかもしれないわね。教師の顔は憶えていないのに、不思議と女たちの顔はよく憶えているわ。

どれも派手で馬鹿そうで下品な女だった。

アタシが穴から見ているのに、どの女もアタシの存在には気づかなかったわね。いいえ女だけじゃない。毎日来る郵便配達員や、時々やってくる中村の友人。不自然な穴が開いているにもかかわらず誰もアタシには……。

フフ、みんな驚くでしょうね。実は小さな蔵の中からずっと見ていて、その人間が今も蔵の中で生き続けていると知ったら。

秘密を抱えていた中村は何食わぬ顔で日々の生活を送っていたけれど、頭がおかしかったわりにはアタシのご飯と花にあげる水だけは毎日欠かさず持ってきたわ。

もちろん愛情によるものでも、慈悲からでもない。

小心者だから、死なせたら大変なことになるって、ただその一心だったんでしょうね。

だったら最初から閉じ込めるなって感じよね。

アタシもそれを知っていたから、花たちと一緒にいられる、ずっと守ってあげられるって安心していたわ。

でも、蔵の中に閉じ込められてから七年くらいが経ったころかしら、ある日を境に中村は家に帰ってこなくなった。

三日間空腹が続いて、代わりにやってきたのは見るからに怖そうな人たちだった。

男たちは近所の住人が見ていようがかまわず、家の扉を強く叩いて中村を呼んだわ。

そして、返済期限とっくに過ぎてるんだけどね！　って声を荒らげて言ったの。

そのとき初めて、中村はこの人たちからお金を借りていて逃げていることを知った。

お金だけは持っているふうだった中村だけれど、ううん、それは間違いないと思う。

きっと、パチンコでお金を稼げなくなってきて、怖い人たちからお金を借りたのね。

ほんっと馬鹿よね。

その怖い人たちは毎日毎日家にやってきては扉をドンドンドンドン強く叩いて、隣の家にまで響くくらいの大きな声を出して、夜になるまで中村を待っていた。

近所の住人が通報したんでしょうね、警察も来たりして騒動になったんだけれど、それでも誰もアタシの気配にすら気づかなかったわ。

結局何日くらい続いたでしょうね。意外と一週間くらいと短かったと思うわ。

あんなに毎日しつこくやってきた人たちが、急にピタリと来なくなったの。

きっと居場所がバレて捕まったのね。

もちろん中村がその後どうなったのかは知らない。

あれから十三年近く経っているのに未だに帰ってこないということは、もしかしたら殺されたのかもしれないわね。


中村の最期を想像すると笑えてくるけれど、当時は全然笑えなかったわ。

蔵に閉じ込められてから七年間、おにぎりやパンばかりを与えられていたアタシは、一応成長はしていたけれどげっそり痩せ細っていて、中村がいなくなってからはさらにどんどん痩せていった。

次第に怖い人たちの姿は歪《ゆが》んで見え、叫び声は何重にも聞こえるようになっていった。

アタシと同様、花たちも元気がなくなって、アタシは、ほんの少しでもいいから雨が降るのを祈ったわ。

そしたら、本当に雨が降ってくれた。

アタシは前に中村から与えられたジュースの空き缶を持って、扉にある小さな穴から手を出して雨水を溜めた。

飲み口が小さいからものすごく時間がかかったけれど、いっぱいにすることができた。

その水を、自分よりも先に花に与えたわ。

しばらく水を断たれていた花たちが、元気になっていくのが分かった。

そのときだったわ。

あれは幻聴じゃない。初めて花たちの声を聞いた。

言葉ではなかったけれど、嬉しそうな声が聞こえてきたの。

雨が降ったその日、アタシは空き缶に水を溜める作業を何度も繰り返したわ。幸い蔵にはバケツがあったから、今後のためにバケツにも水を溜めて、大事に大事に水を使った。

でも、数日間は水だけで凌《しの》いだけれど、水だけではやっぱり無理があった。アタシは立ち上がれないほど力を失っていたわ。

そのとき、アタシは種を食べてみたらどうだろうって思った。それくらい追い込まれていたの。

胸が痛かったけれど、自分が死んだら花も死んでしまう。

アタシは菜の花の種やユリの球根を採取して食べた。もちろんそれだけでは空腹は満たされなくて、枯れてしまった葉や花も食べた。それで何とか空腹を凌いだの。

誰かに助けを求めようとは思わなかった。

蔵に閉じ込められてから七年以上が経っていて、アタシの姿は一言で言って醜かったから。

当時からすでに髪は腰まで伸びていて、まったく洗っていなかったから髪の毛がくっついていたのか絡まっていたのか、とにかく汚かった。身体からは異様な臭《にお》いを放っていて、皮膚もボロボロ。顔だってそうよ。

それでもアタシは、アタシは腐っても女よ。醜い姿を誰にも見られたくはなかったの。

アタシは花たちと必死に生きた。

昔は自分の人生なんてどうだっていいと思っていたけれど、中村がいなくなってからは、負けちゃいけないって毎日自分に言い聞かせて生きた。

それでも限界があった。

花の種や葉や花びら、それに水だけで三ヶ月ほど凌いだアタシは、花たちを死なせてはいけないという気力だけで生きていたのだけれど、あれは忘れもしない秋風吹くころだった。

その日、アタシは花に水をあげなければいけないって分かっているのに、立てないくらいにぐったりとしてしまっていて、だんだんと意識が遠ざかっていくのが分かった。

そのときまた、アタシは花の声を聞いた。

とても悲しそうな声で、まるで死なないでって言っているようだった。

アタシはまだ生きたいって強い気持ちを持っているのに、七年間花たちと過ごした日々が頭を過って、その瞬間アタシは、ああ、本当に死ぬんだなって思った。

そのとき初めてアタシは涙を流したわ。

ぼんやりと目に映る花たちに、ごめんねって別れを告げて、そして、花たちの声を聞きながらアタシは意識を失った。

でもアタシは死ななかった。

目が覚めると格子窓から射し込む強烈な陽射しを受けていて、あまりに明るいものだから一瞬アタシは夢の中にいるんだと錯覚したわ。

どれだけ眠っていたのかは分からない。だから最初に言った、蔵に閉じ込められてから七千日というのは訂正するわ。

一つ確かなのは、意識を失う前に咲いていた花たちが全て枯れていたこと。

幸い種までは腐っていなかったから全滅することはなかったけれど。

……。

……。

……。

……。

……。

……。

長い時間眠っていたはずなのに、不思議とアタシの中で空腹感は消えていた。その代わり猛烈に身体が水を欲していたの。

それは最初、強烈な陽射しを浴びているからだと思った。

でも違った。

身体の異変に気づいたのは、それからすぐのことだったわ。

頭、首、胸、背中、手、足――。

身体中から短い茎が生えていて、小さな葉っぱと、先端には白い蕾《つぼみ》がついていた。

それは数え切れないほどの量で、アタシは目を疑った。

でも夢でも錯覚でもなかった。

信じられないでしょうね。

でも本当なの。

アタシの身体が、植物化していたのよ。

意識を失ったときアタシは死んだのよ。そして植物として生まれ変わった。きっとそうなのよ。

種と葉や花と水ばかりを口にしていたからそうなったのかもしれないわね、フフフ。

とにかくアタシはバケツに溜まっていた水をお腹が一杯になるほど飲んだ。

身体中が潤っていくのが分かって、見る見る茎が伸びていった。

でも、茎の先についている白い蕾は少しも開く気配を見せてはくれなかった。

そのときのアタシは、自分の身体が植物化したことに驚くよりも、この白い蕾はどんな花になるのだろう、早く咲かせたいっていう気持ちのほうが強かったわ。

アタシは植物の気持ちになって、毎日たくさんの陽を浴びて、適度の水を自分に与えた。植物化してからは一切空腹を感じることはなくて、事実水だけで生きることができたわ。

白い蕾が開いたのは、それから五日後のことだった。

眠りから覚めたとき、無数の蕾が開いていたの。

まるで桜のように花びらは五枚に開いて、形は想像の範囲内だったけれど、白い蕾とは対照的に色は真っ黒だった。

少し経つと、中心にはタンポポみたいな綿毛《わたげ》の種が実って、少し揺らすだけでユラユラと蔵の中を飛んだわ。

もちろん初めて見る花だったし、世界中どこを探しても存在しない唯一の花でしょうね。

感動したわ。

黒い花びらでも、艶《つや》っぽくてとても綺麗なの。

アタシはすぐに、アタシに咲いた黒い花に名前をつけようと思った。

そう、この黒い花が『新月美人』。

花を見つけたこの日が新月だったから、大好きな月下美人にちなんでそう名付けたの。

花言葉は、『覚醒《かくせい》』よ。


日が経つにつれて茎は伸び、いつしか身体中に茎が巻きつき、身体中たくさんの葉に覆われていた。

もちろん恐怖心なんてこれっぽっちもなかったわ。

むしろそのぶん新月美人の花が増えたから嬉しかった。

アタシは綺麗に咲きたかった。綺麗に生きたかった。

雨のとき、空き缶を使って水を溜める自分の姿が醜く思えて、アタシは地面にあった石を格子窓に投げてガラスを割り、じっとしていても花が咲く環境を作った。

それから十年以上、太陽と雨が当たる場所からほとんど動かず、声も出さず、静かに生きてきたけれど、アタシはこの狭くて薄暗い蔵の中で、綺麗に咲き続けたわ。

初めて自分のことが美しく思えたし、誰もアタシの姿は見ていないけれど、主役になれた気分だった。

だから残念よ。

昔みたく美しく咲けないのが。

本当はもっともっと綺麗でいたかった。一生美しい花でいたかった。

でもそれが無理なことも分かってる。

花はいつか枯れるもの。

アタシにも、そのときが来たのよね。


あっ、雨が降ってきたわね。

三日ぶりの雨だわ。

恵みの雨に、他の花たちもとても喜んでいるわ、ウフフ。

……。

……。

……。

……。

……。

……。


でも、アタシだけ全然力が湧いてこない。

いくら雨を浴びても、新月美人の花は元気を取り戻さない。

前は少し枯れていても、雨を浴びればすぐに美しさを取り戻せたのに、ずっと枯れたまま。

これが証拠よね。

ああなんてことなの。雨でどんどん花びらが落ちてゆくわ。

まだ辛うじて三輪の花が残っているけれど、どれも艶がなくて、萎《しぼ》みかけている。

きっと全ての花びらが落ちたとき、アタシは死ぬのね。

死は怖くないわ。花はいつか必ず枯れるのだから、覚悟している。

それよりも、これ以上自分が朽ち果てていく姿を見るのが辛《つら》い。

自分の手でいっそのこと……。

ううんダメよ。それはダメ。

アタシにはまだやらなければならないことがあるの。

それを今から伝えるわ。


本当は、死ぬ前にもう一度会って直接伝えたい。

ダイスケくんは今、どこで何をしているの？

まだ学校の時間かしら？

それとも家で漫画を読んでいるのかしら？

あなたは雨の日が大嫌いだって言っていたから、きっと今日は来てくれないのでしょうね。

でもお願い。今日だけは、雨でもアタシのところへ来て。本当はね、アタシにはもう時間がないのよ。

それを知っていたら、優しいあなたのことだから一日中アタシのそばに居てくれたでしょうね。今アタシの声が届いたら、急いで駆けつけてくれるのでしょうね。

懐かしいわ、ダイスケくん。

あなたと出会ってまだ半年くらいしか経っていないのに、とても懐かしい感じがする。

今まで誰もアタシの存在に気づかなかったのに、誰かいるんでしょう、って声をかけられたときは本当に驚いた。

どうして分かったのって聞いたとき、あなたはあっけらかんと、何となく人の気配がしたからって言ったわね。本当にそうなんでしょうけど、アタシからしたら本当に不思議で、運命を感じたわ。

初めて声をかけられたとき、アタシはあまりの驚きにすぐに返事ができなくて、あなたが穴の中をのぞき込もうとしたときつい怒鳴ってしまった。

あのときはごめんなさい。

でも、声であなたが幼い子供だってことは分かったから、アタシの姿を見たら怖がると思ってつい怒鳴ってしまったのよ。

今でも同じ想いよ。やっぱりあなたに姿を見せなくて良かったって。もしアタシの姿を見ていたら、こんなことは思いたくないけれど、友達になれなかったかもしれないもの。
アタシは本当に自分勝手な女よね。

アタシの姿を見ないって約束できるならお話ししてあげる、だなんて。

あなたは約束を守ってくれて、雨の日以外は毎日のようにアタシの所へ来ていろいろなお話をしてくれたわね。

その話のほとんどが、大好きなお父さんとお母さん、それに、漫画やゲームのことだった。

そうそう、あなたはお菓子も好きだったわね。いつもお菓子を食べていて、いつもアタシに食べる？　って言ってくれた。

あなたと過ごす毎日、本当にとても楽しかったわ。

でも唯一辛かったのは、あなたが学校でイジメに遭っている話を聞いたとき。

あのときは本当にごめんなさい。学校の話をほとんどしないものだから、学校での出来事が気になってつい聞いてしまったのよ。

あなたのことをイジメるクラスメイトが許せない。そんな卑怯者たちには天罰が下ればいいのよ。

でもねダイスケくん、最後だから言っておくわ。

もっと強く生きなさい。アタシみたいに。

アタシはあなたよりももっと酷《ひど》い毎日を送ってきたのよ。あなたは男の子なんだから、イジメなんかに負けたらダメよ。やられたらやり返すくらいの気持ちじゃなきゃ。

ああ、興奮したらまた花びらが落ちたわ。

もう本当に限界ね。

声を出す力がなくなってきたわ。目に映る花たちも、ぼんやりとしている。

ダイスケくん。あなたの顔は分からないけれど、嬉しそうに話すあなたの姿が浮かぶわ。

ごめんなさい。あなたは自分の全てを話してくれたのに、アタシは自分のことをほとんど話さなかった。

でも、アタシが話したことに嘘は一つもなかった。あなたに伝えたことは全部本当よ。

時間が無いわね。だんだん意識まで薄れてきたわ。

聞こえているかしらダイスケくん。

最後にダイスケくんにお願いがあるの。

一つ目は、蔵に咲いている花たちの面倒を見て欲しいの。アタシが大事に大事に育ててきた花なのよ。絶対に死なせたくないの。花たちが枯れてきてしまったら、どうかお水をあげてちょうだい。

二つ目は、アタシの身体に咲く黒い花の種を蒔いて欲しい。蒔くと言っても、タンポポみたいに綿毛を吹いてくれればいい。それだけできっとたくさんの花が咲いてくれるはずよ。

アタシは自分のことはどうでもいいわ。でも新月美人の花だけは絶滅させたくはない。そして、たくさんの人に新月美人の花を知って欲しい。綺麗だと言ってもらいたいの。

ああ、何とか間に合ったわ。これで心置きなく死ねる。

本当は死ぬ前に、もう一度会いたかったわダイスケくん。

前にも言ったわね、蔵の鍵はたぶん家の中にあるわ。もし家になかったら、扉を叩き割って中に入ってちょうだい。

アタシの姿を見たら驚くでしょうけど、どうか怖がらないで。

怖がらず、アタシの声を聞いてちょうだい。アタシの人生を知ってちょうだい。

そして、アタシの願いを叶えて。

ダイスケくん、短かったけれど、あなたとの時間とても楽しかったわ。

こんなアタシと友達になってくれてありがとう。

最後に……これが最後。

これだけは言っておく。

アタシは自分の人生を後悔していない。二十年近く蔵の中に閉じ込められたままだったけれど、中村も、母親も、父親も、誰も恨んでいない。

むしろ美しい花になれて、幸せだったわ。

ただ無念よ。永遠《とわ》に咲いていられなかったのが……。

できることならばまた、花に生まれかわって新月美人の花を咲かせたい――。

第二話　擬態

午前中の天気が嘘みたいに、この日は夕方から大雨が降り出して、学校から戻ってきたダイスケは二階にある自分の部屋に閉じこもり、憂鬱《ゆううつ》そうに外を眺めていた。

ダイスケは雨が大嫌いだ。雨なんかなくなってしまえ、とさえ思っている。

雨が降ると普段よりもさらに髪の毛がグシャグシャになって、まるでブロッコリーみたいな頭になってしまうからだ。

そんな頭で学校に行くと、クラスの男子からはモジャモジャ星人とか、チリチリパーマとか、竹箒《たけぼうき》とか言われ、女子たちからも馬鹿にされる。

天然パーマじゃなければたくさん友達がいて楽しい毎日を送れたのに、とダイスケは自分のブロッコリーみたいな頭を呪った。

ダイスケの友達は、蔵の中で生活している『蔵のおばさん』ただ一人だ。

「今ごろどうしているだろう」

おばさんもきっと丸い穴から雨を見つめているんだろうなあ。

お腹は空いていないかな。きっとペコペコだよね。

おばさんは何も食べなくても生きられるって言っていたけど、あれは嘘だよね。だって死んじゃうもん。

本当は誰かがおばさんにご飯をあげてるんだよね。

でも不思議なのは、お腹ペコペコのはずなのに僕が持っていくお菓子は受け取ってくれない。

渡すときに姿を見られると思っているのかなあ。

約束したから、おばさんの姿は絶対に見ないよ。あのときみたいに目を瞑《つぶ》って渡すよ。

だから、一緒にお菓子食べたいなあ。

今日は会いに行けなくてごめんね。

雨が降っているからさ……。

いくらおばさんが友達でも、ブロッコリーみたいな頭の僕を見られたくはないんだ。

でも、おばさんずっと独りぼっちだから、明日は会いに行ってあげたいなあ。

「あ、そうだ」

あることを思い立ったダイスケは、机の引き出しから一枚の用紙を取り出した。国語の小テストで、百点満点中わずか十五点。

ダイスケは過去を捨てるように用紙をグチャグチャに丸め、ズボンのポケットから真っ赤なハンカチを取りだして照る照る坊主を作った。

すぐに出来上がった照る照る坊主を見て、ダイスケは笑った。

「ハンカチが赤いせいで、これじゃあ照る照る坊主じゃなくてタコ坊主だね」

タコ坊主のお陰か翌朝雨は上がり、ダイスケは授業が終わると蔵に向かった。

ポケットの中にはアメ玉が二つ入っている。家からこっそり持ってきたのだ。

クラスの男子にバレたら奪われてしまうから、今日は一日中ドキドキしていた。今日も当たり前のようにイジメられたが、ズボンのポケットだけは触らせなかった。

僕はアメ玉を守りきったんだ。おばさん一緒に食べようね！

ダイスケは胸を躍らせて走った。同じクラスの児童には見せたことのない姿だった。

学校から蔵までは目と鼻の先で、走ったらわずか三分で着く。

ダイスケはクラスの誰にも見られていないのを確認して、『中村』と表札がかけられた敷地内に忍び込み、蔵の前でそっと声をかけた。

「おばさん、僕だよ。ダイスケだよ」

今日もこれから二人の秘密の時間が始まる。ダイスケはそう思ってワクワクしていたのだが、返答がない。

いつもはすぐに声を返してくれるのに。

「おばさん？　寝てるの？」

声を少し大きくしたが、それでも返事はない。

「おばさん？　おばさん！」

ダイスケはだんだん不安になってきた。

蔵から出たのであれば安心だが、それはなさそうだった。中を覗《のぞ》かなくても、気配でいるのが分かるのだ。

最初もそうだった。声がしたわけでも、丸い穴を見たからでもない。何となく人の気配を感じたから声をかけたのである。

「おばさん返事して!」

次の瞬間にはランドセルを投げ捨て、屋敷のほうへ走っていた。

前に、もしアタシに何かあったら蔵の鍵を開けてちょうだい、と言われたことを思い出したのだ。

ダイスケは、鍵が家の中にあるのを信じ、玄関扉に手を伸ばした。しかし当然のように鍵がかかっていて開かない。

ダイスケは庭のほうに回って窓が開かないか確かめた。だがやはり鍵がかかっている。

ダイスケは迷ったが決意した。

庭に落ちている石を右手に持つと、窓ガラスに投げた。

周囲に物騒な音が響き渡る。

ダイスケは耳にあてた両手を下ろしてそっと目を開けた。

まるで泥棒が入ったあとみたいになっていて、ダイスケはガラスに気をつけながら中に入った。

ごめんなさい。おばさんを助けなければいけないんです。

屋敷の持ち主に謝って、ダイスケは玄関に向かう。大事な鍵は玄関に置いてあるものだと思っているからだ。

急いでいたから家の中はじっくり見ていないが、埃が降り積もっていて酷い散らかりようだった。

ダイスケはゴホゴホと咳き込みながら、やっとの思いで玄関に辿り着いた。

と同時に、ダイスケは一本の鍵を見つけた。

蜘蛛の巣だらけの壁に一本の釘が打ち込まれていて、そこに酷く錆びついた鍵がぶら下がっていたのだ。

まるでテレビゲームに出てくるような形のそれは、明らかに家や車の鍵ではなく、蔵の鍵に間違いないと確信した。ダイスケは鍵を手に取り玄関を開けて蔵に突っ走った。そして、蔵の扉にぶら下がっている大きな南京錠に鍵を挿し込んだ。

鍵が錆びついているせいですっぽりとは入らなかったが、やはり蔵の鍵であった。

ダイスケは錠を解いて、丸い穴が開けられた扉を開いたのである。

薄暗い蔵に一筋の光が射し込み、その光が初めて見る女性を照らしだした。

その瞬間ダイスケの動作が停止した。

初めて目の当たりにした『蔵のおばさん』は、上半身を蔵の壁に預け気を失っていたのだが、身体中にたくさんの茎や葉が『巻きついて』いる。

最初はそう思った。

まるで奇妙な絵画でも見ているようだった。

蔵の床は派手に壊されていて、土からはいくつかの花が元気なさそうに咲いている。

「おばさん！」

地面に咲いている花たちを踏まぬよう歩み寄る。

人間とは思えないほど痩せこけており、強烈な臭いを放っている。

足元には、見たこともない『黒い花』がたくさん落ちていた。

「しっかりしておばさん」

「…………」

「ねえおばさん！」

「…………」

「お願いだから」

肩に触れた、そのときだった。

ダイスケは声を詰まらせた。

茎や葉は巻きついているのではなく、身体から『生えて』いることに気がついたのだ。

「なんだ、これ……」

茎を引っ張ってみると、プチッと音を立てて肌から抜けた。毛を抜いたときと感触が似ていた。

どうして身体から茎が生えているのかダイスケは理解できなかったけれど、このときは深くは考えられなかった。

びっくりはしたが、ダイスケには怖いとか、気持ち悪いとかそんな感情は一切なく、目を覚ましてほしいという一心で声をかけた。

激しい震えが襲ってきたのはその直後だった。

死んでいたのだ。

それは、小学四年生のダイスケでも理解できた。

それでも現実を受け入れたくなくて、何度も何度も声をかけた。

だがやはり現実は変えられなくて、諦めたように視線を落としたとき、ダイスケはある物に気がついた。

ボイスレコーダーである。

茎や葉ですぐには気づかなかったが、右手の中にあったのだ。

ダイスケはボイスレコーダーを手に取った。

このボイスレコーダーは、ダイスケが渡した物である。つい先日、声が録音できる物が欲しいと言われ、父親の部屋からこっそり持ち出し、渡したのであった。

ダイスケはその場で、再生ボタンを押してみた。


小さなボイスレコーダーには、花を愛した彼女が突然奇妙な現象によって『植物化』し、二十年近くもの間蔵の中で強く、美しく咲き続けた壮絶なる人生、そして最後には、ダイスケへの想いや願いが録音されていた。

最愛の友が遺したメッセージを全て聞き終えたダイスケは、枯れ果ててしまった彼女の身体を強く抱きしめる。

茎や葉が、パリパリと折れた。

ダイスケは茎の生えた頭を優しく撫でて言った。

「ずっと僕を待ってたんだね。それなのに、ごめんよ……」

雨が降っていても昨日会いにくればよかったと、ダイスケは激しく後悔した。

「可哀想に、可哀想に」

ダイスケは枯れた身体をそっと地面に寝かせてやると、足元にいくつも落ちている『新月美人』を両手いっぱいに拾い上げた。

このときダイスケは新月美人の香りを初めて知った。

花びらは黒いが刺激的ではなく、優しい甘い香りだった。

ダイスケは新月美人の香りを感じながら言った。

「心配しなくてもいいよ。僕がたくさん種を蒔いて、いっぱい新月美人を咲かせてあげる。他の花たちも、毎日僕がここにきて面倒を見てあげるから」

そう告げたダイスケは新月美人を持ったまま立ち上がり、蔵から出ると、花びらの中央についている綿毛の種を空に向かってフッと吹いた。

その瞬間だった。

たくさんの綿毛が空に舞ったのだが、いくつかの綿毛がダイスケの鼻や耳の中に入ってしまったのだ。

というよりも、綿毛自ら飛び込んできた、と言ったほうが正しかった。

種は小さいながら、よく見ると奇妙な突起がありグロテスクだったので、なおさら鼻はムズがゆく、耳はゴボゴボと音が聞こえて気持ち悪い。

ダイスケはくしゃみをしながら、何とか綿毛を取り出そうとするがなかなか取れない。

しかし悪戦苦闘しているうちに不思議と何ともなくなった。

明らかに綿毛は体内に残ったままだが、

「まあいっか」

ダイスケは蔵の中に戻ったのだった。

それからどれくらいの時間を一緒に過ごしただろう。

いよいよ空も暗くなり始め、別れのときがやってくると、ダイスケは花の咲いていない場所に素手で穴を掘り始めた。

むろん彼女の墓である。

病院に連れて行くよりも、花たちのそばにいるほうが幸せだとダイスケは考えたからだった。

次の日の放課後、ダイスケは花の世話をするため蔵にやってきた。

ランドセルから水の入ったペットボトルを二本取りだし、彼女が命をかけて大事に育てた花たちに水をやる。

隣には、昨日埋めた遺体が眠っている。その上にダイスケは新月美人の種を植えていた。

昨日たくさんの種を飛ばしたが、それだけで本当に花になるのか不安で、蔵の中でも新月美人を育てることにしたのだ。

ダイスケは遺体が眠っている土の前に屈《かが》むと、

「大きくなれ、大きくなれ」

と優しく声をかけながら水をやった。

でも最初に水をあげすぎたせいで、すぐにペットボトルは空になってしまった。

新月美人には少し水が足りない気がして、ダイスケは近くにある公園で水を調達することにした。

その途中であった。

「おいダイスケ！」

後ろから声をかけられたダイスケはギクリと肩をこわばらせ、恐る恐る振り返った。

そこにはクラスのリーダーであるアキラと、四人の子分たちが怪しげな笑みを浮かべて立っていた。

アキラはドッジボール用のボールを持っており、ドヤ顔でポンポンとボールをつく。

どうやらこれからボール遊びをするらしい。

ダイスケは胸騒ぎがして走って逃げようと思うが、

「おい逃げるなよ！」

ダイスケの心の内を読み取ったようにアキラが言った。

アキラたちはゆっくりとした足取りでやってくる。

ダイスケは後ずさりすらできず固まっていた。

「よお」

とてつもない威圧感にダイスケは下を向いた。

「や、やあ……」

「なんでペットボトル持ってんだ？」

アキラに問われたダイスケは狼狽《うろた》えるが、すぐに良い考えが浮かんだ。

「落ちてたから、ゴミ箱に捨てようと」

そう言うとアキラたちはケラケラと笑い、

「お前は掃除だけは得意だもんな。今日からゴミ職人って呼んでやろうか？　ほれ、あそこにも空き缶が落ちてるぜ。拾ってこいよ」

ダイスケは嫌な顔一つせず、

「はい」

と返事すると落ちている空き缶を拾い、小走りでアキラたちの元に戻った。

「よし偉いぞ」

アキラは褒めたかと思えば、急に真顔になって言った。

「それよりダイスケ、これから遊ぼうぜ」

「え！」

「何が、え！　だよ。誘ってやってんだ、もっと嬉しそうな顔しろよ」

「…………」

「みんな、今日は何して遊ぶ？」

アキラが四人を振り返って言うと、子分の一人がこう言った。

「ダイスケに決めさせてやるってのは？」

「おう、それは良い考えだ。じゃあ、学校に戻ってドッジボールか、いつもの森で隠れん坊、どっちかだな。おいダイスケ、どっちがいい？」

ドッジボールは嫌だ、とダイスケは心の中で言った。一対五で、痣《あざ》ができるほどボールをぶつけられるから。

もっとも隠れん坊を選んでも、ずっと鬼をさせられて、木の陰からボールを当てられるのだけれど。

ダイスケは小さな声で、

「隠れん坊がいいです」

と答えた。

「そうか、じゃあ隠れん坊しに行こうぜ」

「はい」

ダイスケがうなずくと、アキラたちは当たり前のようにダイスケにランドセルを渡した。

「ほれ、荷物係」

ダイスケは五人分のランドセルを持たされ、さっさと先に行くアキラたちを追う。

「どうして僕ばかりをイジメるんだよ。僕は何も悪いことしてないじゃないか……」

ダイスケがイジメられるようになったのは一年前の春。小学三年生になって初めてのクラス替えがあったのだが、ガキ大将のアキラに目をつけられ、それ以来地獄の日々だ。

最初は「天然パーマ」とからかわれる程度だったが、それがだんだんエスカレートしていって、今では奴隷のような扱いだ。むろん暴力だって受けている。

この事実を知っているのは、『蔵のおばさん』ただ一人。

重いランドセルを持ちながらアキラたちを追うダイスケの頭に、彼女の言葉が蘇る。

もっと強く生きなさい。

あなたは男の子なんだから、イジメなんかに負けたらダメよ。やられたらやり返すくらいの気持ちじゃなきゃ。

一瞬その言葉に勇気づけられるが、ダイスケは首を横に振った。

無理だよ、僕には無理。

だって僕は、僕の代わりの標的が現れてくれないかなっていつも願っている卑怯者だし、仮に標的が現れたとして、助けるどころか見て見ぬフリをする臆病者なんだ。

そんな情けない僕に仕返しなんて絶対無理。


家に帰してもらえたのは六時半過ぎで、家に着くと食卓には夕食が並んでいた。

今日はダイスケの大好きなシチューだった。でも、テンションが上がらない。

リビングにはパジャマ姿の父親がいて、のんびりと新聞を読んでいる。市役所勤めだから毎日六時前には必ず家にいる。

エプロン姿の母は、キッチンに立って家事をしている。

二人とも、ダイスケが帰ってきたというのにまだ気づいていない。当然、ダイスケがイジメられていることにも気づいてはいない。

ダイスケは無理に笑顔を作って、

「ただいま！」

大きな声で言った。

二人ともダイスケを振り返り、声を揃えておかえりと言った。

「ずいぶん遅かったわね」

「うん、アキラくんたちと遊んでたんだ」

「遊ぶのはいいけど、暗くなる前に帰ってらっしゃい」

母がダイスケを注意すると、

「大丈夫だよお母さん」

父が言った。

「ダイスケは男の子なんだから」

「お父さん、なに呑気なこと言ってるのよ。物騒な世の中なのよ、何かあったらどうするのよ」

少し強く言われると父は小さくなって、

「ああ、そうだな」

母を恐れるように言った。

のんびり屋で気が小さいところは父親に似たんだなって、こういう場面のたびにダイスケは思う。

「ダイスケ、手洗ってらっしゃい。ご飯食べるわよ」

ダイスケは返事して、洗面所で手を洗う。

戻るとすでに二人は食卓の前に座っており、ダイスケも自分の椅子に座った。

「じゃあ食べましょうか。いただきます」

ダイスケは手を合わせ、いただきます、と言ってスプーンを手に取った。

まず目についたのは、ブロッコリーだ。

ダイスケはブロッコリーが大嫌いだが、スプーンですくうと母親の頭と見比べた。

今日は湿気が少ないからまとまっているが、雨が降ると母の頭もブロッコリーみたいになる。

自分は、両親の悪いところばかり似てしまったんだなってダイスケは思う。

「ちゃんとブロッコリーも食べなさいよ」

ダイスケは曖昧《あいまい》な返事をした。

「ところでダイスケ、今日はみんなと何をして遊んだんだ？」

ダイスケは一瞬ギクリとしたが平静を装い、

「隠れん坊したんだ」

と答えた。

父は嬉しそうに、

「そうかそうか、ダイスケには友達がたくさんいるんだな。お父さん羨ましいよ。お父さんにはあまり友達がいなかったから」

何でそんなところばかり似るんだろうって思う。

「それよりダイスケ、あんた学校でちゃんと勉強してるんでしょうね。遊ぶばかりじゃなくて、ちゃんと勉強もしなさいよ」

母がうるさく言った。

「お母さん、ダイスケはまだ小学四年生なんだから、そんなに勉強勉強って言わなくてもいいんじゃないかな。今は外でたくさん遊ばせたほうがダイスケにとってもーーーー」

「余計なこと言わないでちょうだい！」

母に怒られると父はまたしてもシュンとなり、

「すまん」

萎んだ声で謝った。

「あなたが甘やかすから全然勉強しないんじゃない。この前の国語の小テストの点数見たでしょう?」

「まあ、それは……」

「私はこの子の将来のためを思って言っているんだから、あなたは黙っててちょうだい」

「すまん」

「いい、ダイスケ」

ずっと下を向いていたダイスケは弾《はじ》かれたように顔を上げた。

「勉強できないと、良い会社にも入れないの。将来困るのはあなたなんだからね」

勉強してないわけじゃない。しても、全然理解できないんだとダイスケは心の中で言った。

「ところで、あんたその痣どうしたの?」

母に言われた瞬間、ダイスケはヒヤリとして、とっさに手の甲を隠した。

「ちょっと見せてごらんなさい」

父も心配そうに見つめている。

仕方なくダイスケは母に右手の甲を見せた。

「どうしたのこれ？」

ダイスケはすぐに嘘を考え、

「今日、ドッジボールもしたんだ。そのときに当たっちゃって」

そう言うと二人は安堵の息を吐いた。

「いいかダイスケ、ちゃんとしっかり、こうキャッチしないとダメだ」

父がジェスチャーするが、隣で見ていた母が呆れたように言った。

「あなただって、運動神経悪いじゃない」

「何を言うんだ。そんなことないよ。俺だって昔は……」

このような危機は前にも何度かあったが、ダイスケはそのたびにうまく誤魔化して心の傷を隠してきた。今日も何とかバレずに済んだと安心する。

言えるわけないよ。

ダイスケは心の中で言った。

ダイスケは、二人の悪い遺伝子ばかりを受け継いだせいでイジメられているわけだが、それでもダイスケは二人が大好きだ。

大好きな二人を心配させることだけはしたくなかった。

それから三日後のことだった。

この日ダイスケはいつも以上に蔵に行くのを楽しみにしていた。それは、家族で遊園地に行く前夜の気持ちに似ていた。

なぜなら昨日、遺体が眠る土に植えた新月美人の種から芽が出てきたからである。

新しい命が芽生えているのを知った瞬間、ダイスケは今までにないほどの感動を覚え、蔵の中で飛び跳ねて喜んだ。

まだ小さな芽が出ただけであるが、花の種を植えたのは生まれて初めてのことだったし、何より今まで一つの目的を成し遂げたことがなかったから。

大好きなゲームですら、いつも全クリアせずに途中で終わらせるばかりだし、強いて言えば、好きなアニメの漫画本を全部読んだくらいか……。

だからダイスケは、今日はもっと成長しているんじゃないかって一日中ワクワクしていたのだ。

だがホームルームを終え、ランドセルを背負った次の瞬間、後ろから鋭い声が飛んできた。

ランドセルを貫通して、心臓に突き刺さったかのようにダイスケは固まった。

アキラである。気づけば子分たちに囲まれていた。

ダイスケは、ああ今日はもう終わったと諦めた。

どうして今日に限って……。

アキラの声だけ聞こえないように設定できたらいいのに、とダイスケは思った。

「はい」

アキラは不敵な笑みを浮かべ、

「遊びに行くぞ」

と言った。

むろん逆らえるはずもなく、

「はい」

と返事すると、

「今日はドッジボールか隠れん坊、どっちがいい」

ダイスケは迷わず答えた。

「隠れん坊がいいです」

次の瞬間、ダイスケはまるで帽子や洋服を引っかける道具のように、五つのランドセルを首や腕にかけられたのだった。

アキラたちがいつも遊んでいる森は、学校から歩いて五分ほどの場所にあり、鬱蒼《うっそう》としていて薄気味悪い場所だった。

むろん遊具はないので子供たちは誰もやってこず、たまに大人が犬の散歩にくる程度だ。

みんなのランドセルを一人で運んだダイスケは、森に着いたとたん地べたに座り込んだ。しかしアキラたちは休むことすら許してはくれず、

「じゃあお前が鬼な」

と言って、散り散りに走っていった。

ダイスケは目を瞑《つぶ》って百秒数え「もういいかい」と大きな声で尋ねた。

しかし誰も、もういいよ、とは返してくれない。いつものことである。

ダイスケは気づかれないように溜息を吐いて、一応探すフリをした。

その瞬間、背中に思い切りボールを当てられた。

やったのはアキラで、アキラは堂々と姿を現すが、

「アキラ君みっけ！」

と言っても、アキラは無視してまた木の陰に隠れた。

ダイスケはわざとアキラに背を向けて、見ていないフリをする。

すると今度は、いつの間に子分にボールを渡したのか、違う方向からボールを当てられた。

むろん痛いとか、止《や》めてよとかは言えず、その後一時間以上もボールを当てられ続けた。

「よし、じゃあ今度は俺が鬼をやってやろう。ダイスケ、どこでもいいから逃げてみろ」

アキラが言った。

いつものパターンだ。結局ボールを当てられるのに変わりはない。

「うん」

嬉しそうに返事して、ダイスケはアキラたちから五十メートル以上離れた木の陰に隠れた。

逆に言えば木の陰にしか隠れられる場所はないし、もっともみんなが隠れる場所を見ているので隠れても意味はないのだが……。

「もういいかい！」

アキラの声が聞こえてきた、その時だった。

ふとダイスケは、自分の身体に起きている異変に気づき思わず悲鳴を上げた。

木に抱きつくようにして隠れていたのだが、肌が木の模様に変化しているのだ。

ダイスケは怖くなってとっさに木から離れた。すると肌は元に戻ったのである。

「もういいかい！」

アキラの少し苛立《いらだ》った声が聞こえてきた。

ダイスケは激しく動揺しながら、

「ま、まあだだよ」

と返事する。

「おいおい、いつまで待たせるんだよ。早くしろよ」

「う、うん。もう少し」

ダイスケはもしかしてと思い、もう一度木に抱きついてみた。その瞬間、再び肌が木の模様に変化したのである。

　ダイスケは木にくっついたまま顔や首を触ってみる。手触りは人間の肌だが、もしかして肌全体が木の模様に変化しているのかなと思った。

　次の瞬間ダイスケは、草や葉に擬《ぎ》態《たい》して獲物を捕るカメレオンを思い出した。

「どうして……」

　すぐにダイスケはある出来事を思い出した。

　それは、新月美人の種が鼻や耳に入り込んできた瞬間である。

　もしかしてあのとき？

　僕も蔵のおばさんみたいに〝植物化〟してしまったってこと？

　でも、おばさんとは全然違う。離れたら元どおりになる。

　ダイスケは、では葉っぱに触ってみたらどうだろうと思い、地面に落ちている葉に触れてみた。

　すると木に触れたときみたいに、今度は肌全体が葉の色と模様に変化したのだ。

「おい！　もういいのかこの野郎！」

　アキラの怒りは頂点に達しており、これ以上待たせることはできなかった。

慌てふためくダイスケは三度《みたび》木に抱きつく。やはり何度やっても肌は木の色と模様に変化する。しかし洋服の色はそのままだ。アキラたちの目から見ると、洋服だけが木に貼りついているように見えるだろう。

「どうしよう、どうしよう」

ダイスケは思い切って着ている洋服下着全てを脱いだ。

こうすれば、見つからないかもしれない……。

「でも脱いだ洋服はどうしよう！」

周りに隠す場所はなく、ダイスケはお腹と木で洋服を挟むようにして、木に抱きついた。

「あの野郎無視かよ！　マジぶっ殺してやる！」

アキラの叫びが、森全体に響き渡る。

「おい、みんなでぶっ殺そうぜ！」

アキラたちが、ゆっくりゆっくり向かってくる。お前の隠れている場所は最初から分かっているんだぞというように。

ダイスケは怖くなってギュッと目を閉じた。

足音が、迫ってくる。

急にアキラたちは静かになり、息遣いまで聞こえてくる。

奴らはもう目の前だ！

ダイスケは必死に震えを押し殺し、グッと息を止めた。

そのときだ。

「あれ？」

アキラの拍子抜けしたような声が聞こえ、ダイスケはそっと目を開けてみた。

ダイスケから見たらアキラたちは目の前だが、アキラたちはダイスケの存在に気づいていない。

「あいつどこに消えやがった。確かにこの辺りに隠れたはずなのに」

アキラのその言葉が、さっきまでとは違う意味でダイスケをドキドキさせた。

「もしかして、俺たちが見てない隙に森から逃げたんじゃ」

子分の一人がそう言うと、アキラは鵜呑みにして再び怒りを露《あら》わにした。

「あの野郎、マジ殺してやる。みんな捕まえにいくぞ！」

アキラたちの姿が森から消えた瞬間、ダイスケは止めていた息をドッと吐き出し、その場に尻餅をついた。

「本当に、気づかれなかった……」

少し落ち着いたが、ダイスケは洋服を着ることも忘れ、真っ裸のまま自分の身体を見つめる。

「僕の身体、すごいや」

今でも、植物に擬態できるようになったことに多少の恐怖と戸惑いはあるが、それ以上にアキラたちの目をごまかせたことに感動している。

ダイスケは起き上がると下着を穿《は》き、洋服に袖を通す。

そのときだった。

ダイスケの動作が停止した。

そうだ、この身体があれば、臆病者の僕でもアキラたちに仕返しできるんじゃないか！

こんなにも身体が燃え上がったのは生まれて初めてだった。

翌日ダイスケは仮病を使って学校を休んだ。学校に行けばアキラたちに前日のことを責められ、下手をすれば殺される。

むろん学校では仕返しどころか反論すらできない。

でも森の中なら僕は強いんだ、とダイスケは自分に言い聞かせる。

母親はこの日朝九時からスーパーにパートに出かけた。普段どおりなら四時まで帰ってこないはずだ。

午後になるとダイスケは家を出て、まずは蔵に向かった。

新月美人や他の花たちに水をやった後、土の中に眠る遺体に話しかけた。

「おばさん、天国で僕のこと見てる？　昨日は本当に驚いたよ。木とか草とか葉っぱに触れると、僕の肌がその色や模様に変わって、誰も僕の存在には気づかなかったんだ。最初は怖かったけど、今は全然怖くないよ。きっと新月美人の種のおかげだね。おばさんどうもありがとう」

ダイスケは最後、抑揚《よくよう》のない声でこう言った。

「森の中なら僕は強くなれる。仕返しに行ってくるよ」

そう言って蔵をあとにしたダイスケは、前日の森に向かったのだった。

森に着くとダイスケは木の陰に隠れ、アキラたちがやってくるのをじっと待つ。今日来るに越したことはないが、来なくてもかまわない。仕返しするまで毎日来るつもりだ。

しかし、それからわずか三十分後のことだった。

遠くのほうから子供たちの声が聞こえてきた。

アキラたちだと確信したダイスケは急いで洋服と下着を脱ぎ、真っ裸の状態で木に抱きついた。

木に擬態したダイスケはそっと顔を出す。

来た来た、ようこそ不思議の森へ……。

やってきたのはやはりアキラたちで、今日はみんなエアガンを持っている。

どうやら今日は戦争ごっこをするようだ。

アキラたちはダイスケに見られているとも知らず、ダイスケのすぐそばで足を止めた。

「よしやろうぜ。今日はダイスケがいねえから全員敵ってルールだ」

「ていうか、ダイスケの奴マジムカつくよね」

「今日休んだのは絶対仮病だぜ」

子分たちがそう言うと、アキラは昨日みたいに怒りを露わにし、

「今日はこれで撃ちまくってやるつもりだったんだけどな！」

「でも頭に撃っても無駄だよアキラ」

「どうしてだよ」

「だってあいつの頭、鳥の巣みたいだからBB弾くらいじゃ吸収して、全然効かないんだ」

子分がダイスケを馬鹿にすると、アキラは気分良さそうにゲラゲラと笑い、

「だよな。あいつの頭は天然記念物だぜ！」

と意味不明なことを言った。

「…………」

すぐそばでアキラたちのやり取りを聞いていたダイスケは、氷のような冷たい目でアキラたちを見据えていた。

「よし、やるぜ！」

アキラがゲーム開始を告げると、五人は散り散りになって銃撃戦を開始した。

その様子をじっと見つめるダイスケの両手には小石が握られており、五人の隙を盗んでアキラの頭に石を投げた。

それが上手く命中し、

「いてえ！」

アキラが大声で叫んだ。

何を大袈裟《おおげさ》な、小さな石を当てただけなのに、とダイスケは心の中で言う。

僕はもっと痛い目に遭っているんだ。

「おい！　今誰か俺に何か投げただろ！」

子分たちはゲームを中断しアキラに歩み寄る。

「お前か！　それともお前か！」

アキラは子分たちの胸ぐらを掴み犯人を探す。だが当然子分たちの中に犯人はおらず、僕じゃないよと全員が否定する。

「じゃあ誰がやるってんだよ！　まあいい。今度やったらタダじゃ済まさねえぞ！」

子分たちは再び別々の方向に走っていくが、みんな納得がいかない顔をしている。

ダイスケは心の中で笑っていた。

そうだ、アキラにもっと不満を抱くんだ。

不満がマックスになったとき、アキラは独りぼっちだ。

ダイスケはその後も、子分たちにはあえて石は投げず、アキラだけに石を投げた。

そのたびにアキラはゲームを中断し、怒りのピークに達した顔で、何の確証もないのに全員の頭を思い切り殴った。

子分たちは明らかに腹を立てているがアキラに逆らうことはできず、渋々ゲームを再開する。

アキラ、やっているのは僕だよ。

心の中でそう告げるダイスケはこのとき、大きな石を持っていた。

ずっと小石を投げていたが物足りなくなってきたのだ。

アキラが射程距離までやってきた瞬間、ダイスケはアキラの頭目掛けて石を投げた。

しかし手元が狂って頭ではなく、アキラの顔面を直撃したのである。

アキラはその場に倒れ、両手で顔を押さえている。

子分たちはまたかよと言うようにアキラに歩み寄るが、アキラの顔から血が流れているのを知ると、さすがに心配そうに声をかけた。

「大丈夫アキラ」

「何度も言うけど、僕たちじゃないよ？」

アキラはあまりの痛みに何も言うことができず、うずくまったまま動かない。

ダイスケは、やりすぎたかな、と思う。

でも実は何の反省もしていないことに自分で気づいていた。

この隙にダイスケはランドセルが置いてある場所に向かい、全員のランドセルを開けた。

ダイスケのお目当てはポータブルゲーム機だ。アキラたちが学校に持ってきて遊んでいるのは知っている。

やはりあった。五人のランドセルには同じ機種のポータブルゲーム機が入っていたのだ。

ダイスケは、今度はアキラ以外のポータブルゲーム機を取り出すと、足元に転がっている石を手に取った。

ダイスケはその石を振り上げると、

「学校にゲーム機持って来ちゃダメなんだよ」

と言って、液晶画面を石で叩き割ったのだ。

子分たちのゲーム機を壊したダイスケはランドセルに戻して、気づかれぬよう再び木に擬態した。

これで子分たちはアキラを疑うに違いない。

ああ気持ちいい！　ホント最高！

こんなにスカッとしたのは初めてだ。

さあアキラの心配なんかしてないで、早くランドセルの中身を見てよ。

みんなショックだろうな。

でも仕方ないよ。これまで僕を散々イジメてきたんだから。

これから毎日森へおいでよ。

僕と遊びたいんだろう？

仕返しはまだまだ終わらないよ！


アキラが一階のリビングに下りてきたのは、午前十一時十三分だった。

起きたばかりなのだろう、目を擦《こす》りながら何度も欠伸《あくび》をしている。

コメカミの辺りには大きな絆創膏《ばんそうこう》を貼っており、顔を顰《しか》めながらソファに座った。

表情はいつになく暗く、何か考え事をしている。

アキラはすでに子分たちのゲーム機が壊されたことを知っているのだろうか？

もし知っているとしたら、そのことを考えている可能性が高い。

子分たちは口には出さないまでも、確実にアキラを疑っているだろうし、アキラもそれを気にしているのかも。

しかしすぐに、どうでもいいや、というようにテレビのリモコンを手に取ると、テレビを見はじめた。

頭をボリボリと掻いて、鼻をほじくり、鼻くそが手につくと、迷わず食べて処理した。

その直後立ち上がり、お昼前だというのに台所からスナック菓子とジュースを持ってきた。

手にいっぱい油をつけて、その油のついた手で美味《おい》しそうにジュースを飲んでいる。

お菓子を食べ終わっても手を拭かず、手を叩きながらゲラゲラと笑っている。

しばらくするとトイレに立った。

五分ほどして戻ってきたのだが、妙に手の臭いを嗅《か》いでいる。ウンチが手についたのかもしれない。

アキラは再びソファに座ると、今度はテーブルに足を乗っけてくつろぎながらテレビを見る。と思いきや、眠ってしまった……。

そんなアキラの様子を、アキラの家の庭にある木に擬態して観察しているダイスケは、退屈そうに息を吐いた。

土曜日のこの日、朝早くに家を出たダイスケはアキラの家に忍び込んだ。前から場所は知っていたが、庭に木があることまでは知らず、もし木がなければアキラの家族が眠っている間に退散するつもりだったが、都合良く大きな木が一本立っていたわけだ。

観察を開始してからもう五時間以上が経っている。

「やっと下りてきたのに、すぐに寝ちゃうなんて」

だんだん余裕が出てきたダイスケは、大胆にも木から離れ姿を現し、

「早く起きてよアキラ。このままじゃ帰れないじゃないか」

とつぶやく。その直後アキラがハッと目を覚まし、ダイスケはすかさず木に抱きつ

いた。

危ない危ない、バレるところだった……。

想いが通じたわけではなく、母親が帰ってきたようだ。

アキラが眠っている間に母親は出かけたのだが、どうやら買い物をしてきたようだ。

アキラはとても嬉しそうに母親を迎えた。

その姿にダイスケは違和感を抱いた。

屈託のない、こんな可愛い笑顔見たことがない。

その刹那、ダイスケは自分の目を疑った。

母親が、野菜などが入ったビニール袋を台所に下ろした瞬間、アキラは母親の背中に抱きついて、腰を左右にフリフリしだしたのだ。

かすかだが、甘えた声が聞こえてくる。

母親は忙しいと言わんばかりに相手にしていないが、アキラはかまってかまってというように母親から離れない。

母親にちょっと強く言われるとようやく離れたが、お昼ご飯を作っている母親の横に立って、母親の姿をじっと見つめている。

やがてお昼ご飯が出来上がり、さすがに食べるときは甘えた様子は見せなかったが、食べ終わると、一緒に遊ぼうというように服を引っ張ったり、ソファに座る母親に膝枕してもらったりと終始べったりだった。

ダイスケの喉が、唾で鳴る。

「あ、あのアキラが？」

あまりの興奮で声が震えた。

確かアキラは一人っ子だったね。僕も一人っ子だけど、お母さんにこんなに甘えたことはないよ。

これじゃまるで幼稚園児じゃないか。もしかしたらまだ両親と一緒に寝ている？

おねしょまでしてたりして！

ダイスケは芸能記者になった気分だった。

これは大スクープだ。クラス中が騒ぎになるぞ！

学校とは正反対の姿を見せるアキラに、ダイスケは言った。

「アキラ、とても恥ずかしい姿を僕に見せてしまったね。もちろん観察してるだけじゃないんだから」

翌々日の月曜日、ダイスケは誰よりも早く学校へ行き、教師たちに気づかれぬよう教室に入ると、ランドセルの中から封筒を取りだした。

封筒の中には、土曜日にデジカメで撮ったアキラの写真が入っており、ダイスケは黒板に貼り付けていった。

作業を終えるとトイレの中に隠れる。一時間ほどして戻ってくると、すでにクラス中大騒ぎになっていた。

同じクラスの児童はもちろん、他のクラスからも児童が集まっている。

学年一のガキ大将が実はマザコンだったことを知った児童たちはアキラを馬鹿にし、早く来ないかとアキラの登場を待ち望んでいるようであった。

しばらくするとアキラが子分たちと一緒に登校してきた。

登場するなりアキラは女子たちに囲まれ冷やかされた。

「アキラくん実は甘えん坊さんだったのね」

「私たちにも可愛い笑顔見せてよ！」

「お尻フリフリさせちゃってキュートね」

アキラは何が何だか分からず、

「何だテメエら！　どけ、邪魔だ！」

と女子たちにすごむが、今日はまったく通用しなかった。今のアキラには迫力など
なく、むしろ可愛いと余計に冷やかされた。

さすがのアキラも戸惑っており、教室の一番後ろで見ていたダイスケは、黒板黒板、
と心の中で言った。

全員の視線が黒板に向き、それにつられるようにしてアキラと子分たちも黒板を見
た。

最初アキラは写真に写っているのが自分だとは分からない様子だったが、黒板に近
づいたとたん大声で叫んだ。

「な、なんだこりゃ！　これ俺じゃねえか！」

ダイスケはクスクスと笑った。

アキラは黒板を見たまま固まっている。首や耳は真っ赤だった。

やがてアキラはワナワナと震えだし、

「誰だこれ撮ったのは！　出てこい！　ぶっ殺してやる！」

みんなに向かって叫んだ。

一瞬教室が静まりかえるが、耐えられないというように再び女子たちが笑った。

「いいじゃない。私は甘えん坊さんのアキラくん好きよ」

「うんうん、私も好き！」

「私も！」

激しく動揺するアキラは、助けを求めるような目で子分たちを見る。

しかし子分たちは完全に引いており、フォローする者はいなかった。

困り果てたアキラは再び黒板を振り返ると写真をはがしだした。そして全部はがすとみんなにこう言ったのだ。

「いいか、これは俺じゃねえ！」

しかし今さら通用するはずもなく、女子たちは呆れたように、

「さっき俺だって言ったじゃない」

「いや、あれは何かの間違いだ。これは俺じゃねえんだ！」

「じゃあ隠す必要ないじゃない。もっと見せてよお」

「う……」

何も言い返せず、居場所を失ったアキラは逃げるようにして教室を出ていった。

子分たちはどうしようかと顔を見合わすが、誰も追いかけることはしなかった。


朝のホームルームが始まる間際、アキラが気まずそうに教室に戻ってきた。

ダイスケたちを受け持つのは若い女性担任で、彼女はすぐにアキラの様子に気づき、

「どうしたのアキラくん」

と声をかける。すると女子たちがクスクスと笑い、担任はそれが気になってアキラにしつこくわけを尋ねた。

ダイスケは、アキラが教室に戻ってくるのは誤算だったが、これは嬉しい誤算だと思った。

先生、もっとアキラにわけを聞いてあげて。もっともっとアキラに恥ずかしい思いをさせてあげて！

無神経な担任のおかげもあり、アキラを貶《おとし》めるダイスケの計画は想像以上に大成功に終わった。

しかしこのあと、ダイスケにとって予想外の出来事が起きた。

ホームルームが終わり、一時間目の算数の授業で担任がこう言ったのだ。

「今日は算数のテストをしたいと思います」

児童たちが不満の声を洩らす中、ダイスケは凍り付いたように固まっていた。

まずいまずい、それはまずい。

いつも成績が悪いダイスケは特に算数が苦手で、今やっている算数の授業も、実はまったく理解していない。

今テストなんかしたら……。

ダイスケはとっさに仮病を使うことを思いついたが、担任は手を挙げる間も与えてくれずテスト用紙を配っていく。

恐る恐る用紙を受け取ったダイスケは、問題が簡単なことを祈りながら問題を見た。

「………」

分からない。最初のいくつかは答えが書けそうだが、あとは全然自信がない。

「時間は三十分。では始め！」

みんな一斉に用紙に答えを書いていく。あのアキラですら簡単そうに書いている。

どうして僕だけ……。

ダイスケは怯《おび》えながらゆっくり時間をかけて問題を解いていく。しかしわずか五問目で鉛筆の動きが止まった。

「どうしよう……」

やっぱり全然分からない。まだ問題はたくさんあるのに。

ふとダイスケの脳裏に、父親と母親の姿が浮かんだ。

また悪い点数を見せたら、二人ともどんな顔するだろうか。

お父さんはいつも笑いながら、困った奴だなあと言うくらいだけれど、お母さんはきっと怒るだろうな。

ううん、もしかしたらいつも点数が悪すぎて、今回は本気で悩ませてしまうかもしれないな。

二人のことが大好きなダイスケは、怒られるのはいいけれど、心配だけはさせたくなかった。

ダイスケは二人が心配したり、悲しむ顔を見たくなくて、安心させてあげたくて、笑顔が見たくて、担任がこちらを見ていないのをこっそりと確認すると、隣の女子の解答を盗み見たのである。

実は、カンニングは今日が初めてではなかった。過去にも何度かしたことがある。にもかかわらず点数が悪いのだ。

それは、いつも二、三問しかカンニングしていないからである。

でも今日は何としても良い点が取りたくて、次々とカンニングしてしまったのだ。

「先生！」

カンニングの真っ最中だったダイスケは、とっさに自分の用紙に目を戻す。

担任を呼んだのは、アキラだった。

「どうしたのアキラくん、テスト中ですよ」

担任が尋ねると、アキラはダイスケを指さして言った。

「ダイスケの奴、今カンニングしてた！」

クラスメイトが一斉にダイスケを見る。

隣の女子は自分の用紙を隠し、ダイスケに冷たい目を向けた。

ダイスケはただただ首を振るだけで、声を発することができなかった。

すぐさま担任がやってきて、

「ダイスケくん、本当なの？」

ダイスケは否定するが、

「ちょっと立ちなさい」

と言われ、ダイスケは立ち上がる。廊下に連れていかれるのかと思いきや、担任はその場でこう言ったのだ。

「ダイスケくん、カンニングは絶対にダメよ。それで良い点を取ったって意味ないんだからね」

「どうせいつもカンニングしてたんだろ？」

アキラが意地悪く言った。

みんなに、今朝の事件を忘れさせるチャンスと思ったに違いなかった。

「そうなの？　ダイスケくん」

ダイスケはこの場から逃げ出したかったが、ここで逃げ出したら親に報告される恐れがあった。

「してません、僕はカンニングなんか」

「本当に？」

「嘘だよ、絶対にカンニングしてたって」

ダイスケに間を与えずアキラが言った。

「してません、してません」

ダイスケは弱り果てた表情であるが、心の中には強い怒りが湧き上がっていた。

しかし感情を面《おもて》に出せるはずもなく、ダイスケはアキラと無神経な担任のせいで、今度は逆に晒《さら》し者となってしまったのだった。


帰りのホームルームが終わると、ダイスケはアキラたちに呼び出される前に教室を飛び出し、いつもの森へと向かった。

しかしどのように怒りを発散したらよいのか分からず、ダイスケはランドセルを投げ捨てて洋服を脱ぐと、太い樹木に抱きついた。

なんでなんでなんでなんでなんで!

なんでこうなるんだ!

結局僕がみんなから冷たい目で見られるはめになった。

僕はいつも運が悪い。肝心なときにドジを踏むんだ。

そんな自分が嫌いだ。もう消えてなくなってしまいたいくらいだ。

でもそれ以上にアキラは許せない！　アキラがあんなこと言わなければ！

もし今日来たら最初から大きな石を投げてやる！　泣いたって許さないぞ！

憤《いきどお》るダイスケであるが、ふと両親の顔が脳裏に浮かぶと急に不安になった。

先生、今日のことお父さんとお母さんに話すかな。それとも内緒にしてくれるかな。

もし先生が今日のことを話したらどうしよう。お父さんとお母さん、きっと悲しむよね……。

様々な感情が交錯《こうさく》する中、遠くのほうからアキラたちの声が聞こえてきた。

ダイスケはまだ不安を抱いたままであるが、地面に落ちている大きな石を握りしめる。

そのときだった。

「ダイスケの奴本当に馬鹿だよな！」

言ったのはアキラだった。

「普通あんな簡単な問題をカンニングするか？」

アキラは今朝の事件を思い出させまいと必死のように見えた。

「しないしない。俺でも分かる超簡単な問題だぜ」

子分たちは子分たちで、今朝の事件に替わる出来事が起こって心なしかほっとしているようであった。

「ダイスケの奴、絶対前からカンニングしてたって」

アキラがそう言うと子分たちもそれに続く。

「してたよな」

「うん、してたしてた」

「でもあいつ、カンニングしても悪い点だよね」

子分たちの言葉にアキラはとても上機嫌だった。

ゲラゲラと笑ったあと、こう言ったのである。

「あいつの親も馬鹿だからな」

その瞬間、ダイスケの呼吸がピタリと止まった。

「え、なんで馬鹿って分かるの？」

「うちの親が言ってた。前の授業参観のとき、ダイスケのとこは両方来たじゃん？　そのとき、二人とも全然問題が分かってなさそうだったらしいぜ」

「マジ？　小学生の問題だぜ」

「でも本当だと思うぜ。だって、ダイスケの親だもん、馬鹿に決まってら」

「だね！」

「ていうか、馬鹿だけじゃないぜ。ダイスケの親父、運動神経超悪いじゃん」

「ああ、そういえばそうだった。運動会のときでしょ！」

「そう、足は遅いわ途中でコケるわで、俺の父ちゃんがあんなんだったら恥ずかしいぜ！」

途中から、誰の声かも判断できなくなっていた。

ダイスケの目に、父と母の笑顔が浮かぶ。

いつもいつも優しいお父さん。いつも僕を愛してくれるお母さん。

太い樹木が、ジワリジワリと濡れていく。

ダイスケは思った。

擬態できるのは便利だけど、半面、見たくないものを見てしまったり、今みたいに聞きたくないことも聞いてしまうんだな。

自分のことは何を言われてもいい。

でも、お父さんとお母さんの悪口だけは言ってほしくなかった。

「許せない」

アキラたちに聞こえるくらいの声だったが、アキラたちは気づいていない。ダイスケに聞かれているともしらず、未だ両親の悪口を言っているのだ。

ワナワナと震えるダイスケはこのとき、アキラたちに新たな復讐心を燃やしていた。


復讐の機会が訪れたのはそれから五日後の土曜日であった。

あの日以来ダイスケは毎日森の中で木に擬態してアキラたちを待っていたのだが、新たな復讐を決意したときに限ってなかなかアキラたちは森に姿を現さず、この日の午前十時、ようやく遊びにやってきたのだ。

今日はボールでもエアガンでもなく、アキラたちはオモチャの刀を手に持っている。

どうやら今日はチャンバラごっこをするようだ。

「今日のルールは全員が敵で、十回先に斬った奴が勝ちだ、いいな？」

アキラがルール説明をすると、

「分かったけど、アキラ強いからなあ。今日は手加減してよ」

子分の一人がそう言った。

アキラのあんな写真を見てもなお、子分たちはアキラを恐れているようだった。

「分かった分かった、じゃあやるぞ！」

アキラは一人勝手にゲームを開始すると、一人の子分に襲いかかった。そして、手加減すると言ったにもかかわらず、胸の辺りを思い切り突いたのである。

やられた子分はその場に屈み込んで咳き込むが、アキラはおかまいなしに子分たちに襲いかかる。

最初の攻撃を見た他の子分たちは、戦意喪失してアキラから逃げる。それがアキラには快感らしく、ゲラゲラ笑いながら子分たちを追った。

その様子を木の陰からそっと覗いていたダイスケは、

「こっちへおいで、さあ早く」

抑揚《よくよう》のない声で言った。

すると子分たちが引き寄せられるようにして、ダイスケのほうへと走ってきた。もちろんその後ろにはアキラがおり、子分たちがダイスケのそばを通り過ぎてから間もなく、アキラがダイスケのすぐ横で足を止めたのである。

アキラもまた引き寄せられるようにダイスケが擬態している木にもたれかかり、膝に手をついてゼエゼエと息を弾ませる。

アキラの後ろ姿を冷めた目で見据えていたダイスケは、アキラの耳元に顔を近づけ、

「これは本物だよ」

感情のない声でそう囁《ささや》くと、アキラの腹部に右手を伸ばし、持っていた包丁をアキラの腹に思い切り突き刺したのである。

ダイスケは刺した瞬間包丁を抜き、自分の腹部と木の間に包丁を隠した。

アキラは呻《うめ》き声を洩らしながらその場に倒れ込む。腹部からはドロドロとした血が流れ、地面を赤黒く染めていった。

「アキラ！」

急いで子分たちが駆け寄るが、大量の出血にみんなパニックに陥っている。

ダイスケは、他の奴らもやるならこの瞬間しかない、と思うが、手が届かない。

いっそ、バレてもいいから全員やってやろうか。

一方、アキラの顔色はだんだんと悪くなり、意識が遠ざかっているようにも見えた。

しかしダイスケは刺したあとも罪悪感はなく、むしろ少し興奮した面持ちだった。

「アキラが悪いんだよ、お父さんとお母さんの悪口を言うからだ」

十五分後、救急隊員と警察が森にやってきた。子分たちが携帯で連絡したのである。すぐさまアキラは救急隊員によって救急車に運ばれ、子分たちはその場で警察から事情聴取を受けた。

しかし子分たちは、いきなりアキラが血を流して倒れた、としか言いようがなく、実は不審な人物が潜んでいたのではないか、という警官の問いには、絶対に誰もいなかったと自信を持って答えた。

ダイスケはそのやり取りをじっと近くで見据えていたのだが、一人の子分が、この木にもたれかかってすぐアキラが倒れた、と説明したときはさすがにドキドキした。

多くの警官たちが木の周りを囲んだからである。

それでも誰もダイスケの存在には気づかず、また、ダイスケが擬態している木を執《しつ》拗《よう》に調べることもなく、森の周辺を重点的に捜査したのである。

警官たちが自分の元から離れるやいなや、ダイスケの中で緊張感はうせ、早く家に帰りたいと思った。

それは、早くこの場から逃げ去りたいというのもあるが、それ以上に早くお父さんとお母さんに会いたかったからだ。

ダイスケは森の中を捜査する警官たちに、早く終わらせてよ、と小さな声で言ったのだった。

一通りの捜査が終わり、警官たちが森から出ていったころ、空は真っ暗だった。

ダイスケに正確な時間は分からないが、もうとっくに夜七時を回っていると思う。

そろそろ帰らないと本気でお母さんに叱られる、とダイスケはそればかりを心配する。

恐らく森の周りにはまだ警官が張っているだろう。

でも、こっそり出ればバレないかな、と思い、ダイスケは木から離れ、お腹と木の間に挟んでいる洋服を手に取り、袖を通した。

そのときだった。

ダイスケは自分の身体の異変に気づいたのである。

肌が、戻っていない！

確かに木から離れているのに、木の色と模様のままなのだ。

「どうして……」

ダイスケは何かの間違いだと、もう一度木に抱きついて離れた。

しかし、やはり肌の色に切り替わらない。まるでスイッチが故障してしまっているかのように。

悪寒が走った。

「嘘でしょ」

ダイスケはもしかしたらと、地面に落ちている葉に触れた。

だが無反応である。肌は木の色と模様のままだ。

ダイスケは目の前が真っ暗になった。

「もしかして、ずっとこのまま？」

ダイスケは激しく首を振った。

そんなのいやだ。

早く人間の肌に戻りたい！

このままじゃ、森の中から出られないよ。

こんな姿、お父さんとお母さんに見せられないよ。

早く家に帰りたいよ！

そうだ、きっとそう。

もう少し時間が経てば、元に戻るよね！


ダイスケは地面にポツリと独り座り、肌が戻るのを信じて待ち続けた。

だが何時間経っても肌は戻らず、気づけば朝を迎えていた。

すっかり涙も枯れて、ダイスケは重い溜息を吐いた。

ねえどうして元の身体に戻らないの？

悪いことしたから、神様が僕に罰を与えたの？

それとも、最初からこうなるって決まってたの？

だとしたら、やっぱり僕は運がない。

どうしていつもこう、何かが上手くいったと思ったら、そのあとに悪いことが起きるんだろう？

一度くらいハッピーエンドがあってもいいのに。これじゃまるで大好きな漫画家が描く漫画のようだ。

いっつもバッドエンド。奇跡なんて起きないんだ。

僕もそうかな。奇跡なんて起きなくて、ずっとこのままなのかな。
お父さんとお母さん、すっごく心配しているだろうなあ。
一睡もせず、僕のことを探しているのかもしれない。
今叫んだら僕の声、二人に届くかな。
二人に会いたい。早くこの森から出て家に帰りたい。でもこんな姿じゃ会えない
……。
ああもうホントに最悪。
これが全部夢だったらどれほどいいか。
目を瞑って十秒数えて目を開けたら、家のベッドに瞬間移動していないかなあ。
やっぱりダメだ。これはやっぱり現実なんだ。
もし本当にこのまま元の身体に戻らなかったらどうしよう。
諦めて、ずっと森の中で木として生きていくしかないのかなあ。

＊

一ヶ月後、ダイスケは未だ森の中におり、木に擬態していた。

いや、もはや擬態ではない。

完全に樹木となっていた。

ダイスケがそれを受け入れたのはあれから一週間ほどしてからだった。

何も食べていないのに空腹感はまったくなく、陽が当たると心地よくて、雨が降っても寒さは感じず、むしろ力が湧いてくるからだ。

ダイスケは自分の身体が完全に植物化したのを受け入れ、それ以来ずっと蟬《せみ》のように木に抱きつき微動だにしていない。

むろん退屈ではあるが、こうしていることに苦痛は感じない。

木から離れずじっとしているのには、もう一つ理由があった。

それは、あの事件以来警察や報道陣は元より、不可解な事件が起こった謎の現場を見てみようという、悪趣味な人間たちがけっこうやってくるからだ。

そんな人間たちをダイスケはじっと見つめているだけだ。別に嫌悪感も、悪戯心も湧いてこない。

ただ、そんな人間たちに一つだけ聞きたいことがある。

アキラはどうなったのか、である。

死んだのか、助かったのか。

なぜかみんな、ここで事件が起こったのか、とか、誰が犯人なのだろう、とか言うだけで、アキラのことについては誰も触れないのだ。

もし今日誰かやってきたら聞いてみようかな。

でも人間はどこから声がしたのか分からなくて、気味悪がって逃げてしまうだろうけど……。

誰にも存在を気づかれないことに少し寂しさを感じていると、遠くのほうから声が聞こえてきた。

「ダイスケ！　どこにいるんだ！」

一瞬、ダイスケの時間が止まった。

懐かしい声に、心が震える。

お父さんだ。

「ダイスケ！　どこにいるの？」

お母さんの声だ。

そっか、二人ともまだ僕を捜してくれているんだ。僕も、ずっとお父さんとお母さんのことを想っているよ。でも、会うのはもう諦めていたんだ。

自分の存在に気づいてほしい。でも、変わり果てた姿を見られたくはない。

それでも二人を一目見ようと、

「ここだよ、僕はここだよ」

ダイスケは叫んだ。

しかし二人はかなり遠くにいるらしく声は届いていない様子で、二人の声が聞こえてくるだけだ。

声が届かないのであれば、二人が近くにやってきてくれることをダイスケは念じるが、不可解な事件が起こった森を気味悪がっているのか、とうとう二人はやってこず、やがて声も聞こえなくなってしまった。

「お父さん、お母さん……」

悲しいのに、涙が出ない。

こうなったら、誰かに気づかれてもいい、森から出て、そっと二人の姿を見にいこう。

そう決意したそのときだった。

四台の大型トラックが突然森の中にやってきて、作業服を着た大人たちがたくさん降りてきたのだ。

いったい何が始まるんだろうと見守っていると、作業服を着た大人たちの声が聞こえてきた。

「そうなんすか？　俺は絶対あんな気味悪い事件があったからだと思いますよ」

「偶然だよ。前から決まっていたんだ。もしあの事件が原因だとしたら、こんな早くはないからな」

前から決まっていた？　こんな早くはない？

いったいどういうことだろう？　この森について話しているのだろうけれど……。

「何でも、マンションを建てる予定らしいぜ」

マンション？

「まあいいや、とにかくさっさと終わらせますか」

何となく悪い予感を抱くダイスケは、次の瞬間凍り付いた。

作業服を着た大人たちがトラックから大きなチェーンソーを運び出したのだ。

やっぱりそうだ。

大人たちは木を伐《き》りに来たんだ！

どうしてこうなるんだ。どうしていつも僕は運がないんだ。

「どっから始めますか？」

「適当でいい」

ダイスケは震駭《しんがい》した。

大人たちが最初に選んだのは、ダイスケのいる木のようであった。

チェーンソーを持った大人たちがこちらにやってくる。ダイスケには大人たちの顔つきが死神に見えた。

まずい、早く逃げないと殺される！

ここで生きられないのなら、そう、『蔵のおばさん』の所へ行こう。僕が生きられる場所は、もうあそこしかない。あそこなら誰にも気づかれないはずだから。

きっと花は枯れてしまっているだろうけれど、種が残っていればまた蔵中に花を咲かせられる。

おばさん、ずっと独りにしてゴメンね。

誰かに見られるのが怖くて森から出られなかったけれど、逆にいい機会なのかもしれないね。

今からそっちへ行くよ。この人たちには気づかれてしまうだろうけれど仕方ないね。森を出たら、誰にも気づかれないようにそっと蔵に行くよ。

そうだ、蔵まで行けたら、今度は夜に蔵を出て、お父さんとお母さんの姿を見にいこう。

森を一度出れば、きっと勇気が持てるはず……。

「ってあれ？」

ダイスケは思わず声に出してしまった。

動かない。足が動かないのだ。まるでセメントで固められているかのように。

「今、子供の声聞こえませんでした？」

「うん、確かに聞こえた気がする」

「俺には聞こえなかったけどな」

ダイスケは必死に足を上げようとするが、どうしても動かない。

「子供の怨念《おんねん》ですかね」

「死んでねえのに？」

「生き霊ってやつっすよ」

「馬鹿」

ダイスケは戦慄《せんりつ》した。いよいよ大人たちがチェーンソーのエンジンを始動させたのである。

ダイスケはもう一度踏ん張って足を上げてみる。するとほんのわずか足が動いたのだが、ダイスケは希望の光が見えたどころか、目の前が真っ暗になった。

一瞬だが、足の裏から根っこが生えているのが見えたのだ。

「そんな……」

ダイスケはすぐにアキラを刺した包丁を思い出すが、包丁はとっくに土の中に埋めてしまったのだ。

どうしよう、どうしようどうしよう！

「待って！　伐らないで！」

ダイスケはなりふりかまわず叫んだ。もはや自分に気づいてもらうしか助かる方法はなかった。

大人たちはまた声がしたと顔を見合わせる。しかしチェーンソーの駆動音《くどうおん》にかき消され、ただ気味悪がるだけで存在に気づいてはくれなかった。

大人たちが一歩、また一歩と歩み寄ってくる。

「お願い！　伐らないで！　僕がいるんだ！　僕に気づいて！」

恐ろしい音を立てながらチェーンソーが近づいてくる。

待って！　そこは僕の顔！　顔があるんだ早く気づいて早く!!

第三話　繁殖

最近急に寒くなりだして、この日は特に厚手のコートが必要なくらい冷え込んでいる。

失敗した、と小《お》澤《ざわ》一行《かずゆき》は悔やんだ。

午前中はまだ陽射しが暖かかったので、コートを羽織るほどでもないと思い家を出たのだが、午後になると午前の天気が嘘のように気温がグンと下がったのである。

今にも雪が降りそうな空を見上げ、吐息で手を温めながら一行は走った。

待ち合わせ場所である『純喫茶アムール』は、小田急線海老名駅から徒歩一分の場所にあった。

目黒にある自動車販売会社に勤務する一行はこの日、厚木に住む客に新車を納車し、その足で海老名にやってきたのだった。

以前から、近くに寄ることがあれば様子を見てきてほしいと母から頼まれていたからだ。

一行はかじかんだ手で店の扉を開けた。

古びた喫茶店の割には十人ほど客がいて、店主とアルバイトと思われる若い女性が忙しそうにしている。

待ち合わせしている人物は店の一番奥の席に座っていたが、一行は入ってすぐに気がついた。

そこだけ灯《あか》りが消えているかのように、暗い影が差していたからである。

老け込むのも無理はないと思いながら店の奥に進むと、ぼんやりと下を向いていた野中明子《のなかあきこ》がふと顔をあげた。

一行の叔母であり、ダイスケの母である。

「カズくん」

一行まで落ち込むくらいの悲しい声であった。

「久しぶりだね、おばさん」

一行は上着を脱いで席に着き、女性店員にコーヒーを頼んだ。

「突然連絡してごめんね。仕事で近くに寄ったものだからさ」

「頑張ってるみたいね」

「まだ八ヶ月程度だから、憶えることがいっぱいあって大変だけど」

「営業でしょう?」

「うん、まあ。さっき厚木のお客さんに納車してきたところ」

「そう。お姉ちゃんは元気?」

「最近会ってないけど、まあ元気じゃないかな」

「そう」

明子はうっすらと笑みを浮かべたあと、店主を一瞥してこう言った。

「せっかく来てくれたのに、ごめんね」

「え、何が」

「おばさんの家、今とても散らかっていて、人をあげられる状態じゃなくて……」

「ああ、そういうこと。全然気にしないで」

それからお互い沈黙となり、そこへタイミングを計ったように女性店員がコーヒーを運んできた。

一行はコーヒーを一口飲むと俄然緊張の面持ちとなり、

「ところで――」

真剣な声色で聞いた。

「ダイスケくんの件なんだけど、その後どう？　警察から何か情報は」

明子の表情が再び暗く落ち込んだ。

「いいえ、何も」

一行は残念そうに、

「そう」

とつぶやいた。

「もう、一ヶ月でしょう？」

「ええ」

「どうしてこんなことに……」

明子が今にも泣き出しそうな様子であることを知った一行は、すかさず勇気づけた。

「大丈夫さ。絶対大丈夫」

するとなぜか突然明子の身体が震えだし、うつむいたまま小さく叫んだ。

「ダイスケは、あの女に誘拐されたんだわ！」

店主や客が一斉に明子を見た。

一行はみんなの視線を気にしつつ質問した。

「あの女？　どういうこと？」

「実は三日ほど前ダイスケの部屋から夫のボイスレコーダーが見つかったの」

「ボイスレコーダー？　それが、何なの？」

「少し前に失《な》くなって探してたのよ。そのボイスレコーダーに、ある女の声が録音されてた」

「録音？　それ、今ないの？」

「今はないわ。警察にある」

「で、何て録音されてたの？」

「最初は誰に語りかけるわけでもなく、自分がもうじき死ぬ運命だというのを告げて」

「死ぬ、運命？」

「そのあと過去を振り返るの」

一行はまったく先が見えぬが妙に気味悪くなり、

「どんな、内容なの？」

恐る恐る聞いた。

すると突然明子は恐ろしい表情となり、抑揚のない声で語り出した。

「アタシは父親と母親の三人で暮らしていて、花が大好きだった。庭にはたくさんの花を植えていた。幸せな暮らしだった。でも父親が痴漢で捕まって、二人は離婚。それからしばらく母親と二人暮らしをしていたのだけれど、ある日母親から一人の男を紹介された」

明子はまるでその女になりきっている、いやとりつかれているかのように話した。

一行はそれが不気味で生唾をゴクリと飲み込んだ。

「母親は男と再婚するのだけれど、母親が死ぬと男はすぐに別の女を作って、存在を隠すようにアタシを蔵に閉じ込めた」

「蔵の中に？」

「男は蔵の扉に丸い穴を開けて、アタシはその穴から食べ物を受け取って生活していた」

た。


「それ、本当なの？」

「アタシは蔵の中で生活することを受け入れた」

今の明子には一行の声が聞こえていないようであった。一行に一瞥もくれずに続けた。

「代わりに男に条件を出した。庭に植えたたくさんの花を鉢に植え替えて蔵に移してと。男はすぐに了承して、蔵に鉢を運びこんだ。蔵の扉を開けたのは、それが最初で最後」

「おばさん？」

「アタシは蔵の中でたくさんの花を大事に大事に育てた。でも、男が家に帰ってこなくなって、自分が食べる食料がなくなって、意識を失った。

死ぬんだと思った。でもアタシは死ななかった。

目が覚めると、蔵に咲いていた花は全て枯れていて、それからすぐに自分の身体の異変に気づいた」

「身体の異変？」

「全身から茎や葉が生えていて、先端には白い蕾がたくさんついていた」

それを聞いた瞬間、一行は拍子抜けした。

「自分の身体から茎や葉や蕾？　何だよそれ。作り話じゃないか」

その言葉に明子は首を振った。

明子は正気に戻った様子だった。

「おばさんも最初はそう思った。でも、何だか嘘に思えないの」

「で、そのあとは？」

「その白い蕾が開いて、花びらは真っ黒で、中央にはタンポポみたいに綿毛の種がついていて、『新月美人』と名付けたって……」

「新月美人」

「その再婚相手に蔵に閉じ込められてから、二十年が経ったって」

「二十年？　そんな馬鹿な」

「アタシは植物化したから、食べ物は要らない。太陽の光と水があれば生きられるって」

「ていうか、ダイスケくんと何の関係が？」

「どうやらあの子、女がボイスレコーダーに録音する半年くらい前から、女に会いに行っていたようなの」

「ダイスケくんが？」

「ボイスレコーダーを渡したのもダイスケよ。それは間違いない」

「いや、でも……」

「女は自分の過去を振り返ったあと、ダイスケにあるお願い事をしている」

「お願い事？」

「一つ目は、蔵に咲いている花を枯れさせないでほしい。二つ目は、自分の身体に咲いている新月美人の花を絶滅させたくない、だから種を蒔いてたくさんの新月美人を咲かせてほしいって」

「なんでそんなことダイスケくんに？」

「最初にも言ったように、自分はもう死ぬ運命だからって」

一行は喉を鳴らしながら首をかしげた。

すると明子がまた人が変わったようにこう言った。

「女は自分が死ぬとか言っていたけれどあれは嘘よ。本当はダイスケと一緒にどこかにいるんだわ！」

明子と別れた一行は目黒に戻り、残っていた仕事を終えると真っ直ぐ家路についた。

そして、自宅アパートのある自由が丘に着いたころであった。

時刻は八時半を回っていたが、明子から携帯に連絡があったのだ。

一行と別れたあと、自宅に警察がやってきたらしく、ボイスレコーダーの女が言っていた〝蔵〟の場所を突き止めた、と告げられたそうだ。

蔵の扉には確かに丸い穴が開いており、床は派手に壊されていて、地面には枯れた草や花が大量に落ちていたらしく、その中央には小さな山ができていて、掘ると女の死体が埋まっていたそうだ。

死体は茎や葉に覆われていて、それらは巻きつけられていたのではなく、事実身体から茎や葉が生えていた、と明子は話したのだった……。

通話を終えた一行はしばらくその場から動けなかった。

「植物化したって、マジだったの……？」

女の姿を想像した瞬間、ブルッと身体が震えた。

「そんな話あり得るのかよ、気持ちワリいな」

一行は足早にアパートに向かうが、すぐにその動作が止まった。

そうだ、女が死んでいたとなると、ダイスケはどこにいるのだ？

一行も明子と同じで、ダイスケは女といる可能性が高いと考えていたのだが。

いったいダイスケはどこへ消えてしまったんだろう……。

いつしか自宅に到着しており、一行は錆びついた階段を上って２０１号室の扉を開けた。

寒さに身震いしながら灯りをつけ、エアコンのスイッチを入れた。

間取りは１ＬＤＫで、隅々まで掃除が行き届いている。

それは、学生時代から付き合っている大村里沙《おおむらりさ》が、二週間に一度の割合でやってきて掃除をしてくれるからであった。

里沙と交際し始めてからもう三年が経つ。

一人の女性と三年間も付き合っているのが一行自身意外であった。

里沙と付き合う前はとっかえひっかえ遊んでいて、里沙に出会ったのも合コンだったから最初は遊び感覚だったのだが、里沙は今までの女性とは違った。

一緒にいると何だか落ち着くのだ。近い将来一緒になってもいいと思っている。

一行は部屋をグルリと見回した。

部屋のいたるところに写真が飾ってあるが、全て隣には里沙が写っている。

むろん飾る写真を決めたのも里沙で、一行は呆れたように笑った。

里沙は現在千葉で一人暮らしをしている。本当は大学を卒業すると同時に東京で同棲するつもりだったのだが、千葉の出版社に就職が決まったのだ。

里沙は現在主にタウン誌の制作に携わっているらしいが、毎日が忙しく、学生のころみたいに頻繁に連絡すら取れない。それでも二週間に一度のペースで来てくれるのはありがたい。

仮に里沙がいなければ部屋はゴミ屋敷となっていただろう。いたるところから虫が湧いていたに違いない。

一行は上着をソファに放り投げるとタバコを咥《くわ》え火をつけた。

最後の一本だ。これを吸ったらコンビニに買いに行こう。

一人でそんなことを思いながら、ひねり潰した空箱をテーブルに投げ捨て、ベランダの窓を開けた。

凍えるくらい寒いが、タバコを吸うときのルールだ。といっても、里沙が一方的に決めただけであるが、一応一行はそれを守っている。

「う～さみぃ」

身を縮めてブツクサと文句を言いながら、ふとベランダのちょっとした変化に気がついた。

ベランダにはいくつかの植木鉢が並んでいる。むろん里沙が育てている物であるが、一つだけ何も植わっていない植木鉢がある。以前何の花が咲いていたかも忘れてしまったが、とにかく一行が水やりを怠ったために枯らしてしまったのだ。

それ以来ずっと、ポツリと寂しく放置されている植木鉢だったはずだが、なぜか土から小さな芽が出ている。

一行はもちろん、里沙だって何も植えていないはずだ。

「まあいっか」

あまり気にも留めず、一行はタバコを吸い終えるとすぐに窓を閉めたのだった……。

翌朝、一行は仕事に行く直前、植木鉢に水をやるため台所で如雨露《じょうろ》に水を注いだ。

本当は面倒だが、里沙との約束だから仕方ないのだ。

渋々ベランダに出ると、昨晩発見した芽が一晩で急成長していることに気づいた。

昨晩はほんの三センチほどだったが、十センチ以上も伸びているのだ。

それでも特に気にせず、その植木鉢にだけは水をやらなかった。

しかし謎の植物はなぜか成長していった。

最初はあんなに小さい芽だったはずがいつしかしっかりとした茎に成長し、葉をつけ、今にも蕾をつけそうな勢いであった。

そしてさらにその翌日であった。

心のどこかで興味を抱きながら、いつものように如雨露を片手にベランダに出た一行は、謎の植物を見た瞬間ギョッとなった。

なぜなら、茎の先端から五つの物体がぶらさがっていたからだ。色は薄い緑で、『ヒトデ』みたいな奇妙な形をしている。

一行は植物の前に屈み、恐る恐る実らしき物体に触れてみる。

何だかヘチマみたいな感触である。

「おいおい、いったいなんだこりゃ」

さすがに気味が悪くなったが、それ以上に、さらに成長したらどうなるのだろうと興味が湧き、一行は初めて謎の植物に水をやって家を出たのだった。

この日一行は同僚とともに名古屋に向かった。

本社が名古屋にあり、来年の一月に発表される新車の『勉強会』があるのだ。

午前九時半に名古屋に到着した一行は本社に向かい、全国から集まった営業マンとともにメーカーの説明を受け、試乗し、午後五時に本社を出るとすぐさま新幹線に乗り、東京に戻るのではなく神戸に向かった。

大学時代の友人がおり、午後七時半に落ち合った一行と友人は神戸牛のステーキを食べ、事前に予約しておいたホテルに泊まった。

翌日、翌々日と有給休暇を取った一行は京都に向かい、京都の歴史や街並みを堪能し、金曜日の午後八時に自宅に到着したのであった。

いつものように上着をソファに投げ出し、タバコを咥え火をつけた。今夜も凍《い》てつくような寒さだが、ルールだから仕方ないと閉め切っているカーテンに手を伸ばした。

このとき一行はすっかり謎の植物のことを忘れており、カーテンを開けた瞬間愕然として大声を上げた。

五人の裸の女が一行のほうを向いてベランダに横一列で立っていたからだ。

背は低いが歳は三十前後か。

髪は腰のあたりまであり、目は切れ長で鼻は高く、なんとも愛想のない薄い唇。

無表情の女たちは全員同じ顔であり、また背の高さや体つきもまったく同じである。

女たちは真っ裸であり、一切表情を変えず、また微動だにしないため、一行は最初、誰かが悪戯でマネキンを置いていったのかと思ったほどである。

しかしよく見ると、黒目はかすかに動いているし、肌だって明らかにプラスチックではない。

口を開けたまま、長い間女たちと向き合っていた一行は、タバコの灰が指に落ちてやっと我に返った。

「あっち！」

慌てて灰を払った一行は、一瞬瞳に映ったある『物体』にビクリとし、動作が止まった。

それは、一本の長いツルであった。

よく見ると女たちの臍《へそ》には長いツルが生えており、地面の植木鉢と繋がっているのである。

まるで、母と子を繋ぐ臍の緒のようであった。

瞬間、一行の脳裏に二日前に見たヘチマのような『ヒトデ』形の実が蘇った。

「まさか、あれが、これに？」

そんなことあり得るかと一行は激しく頭《かぶり》を振るが、事実、同じ姿の女たちが目の前に立っている。

「てことは、え？　彼女たちは人間？　いや人間の姿をした植物？　ああなんだかよく分からねえよ。いったい何が起こってんだ」

混乱する一行を、女たちはじっと見据えている。

何かを訴えかけているような様子ではないが、ただただ不気味である。

不気味ではあるが、このままベランダに放置しておくわけにもいかない。近所の住人にこんな光景を見られたら変態かと疑われる。

とはいえまだ現実を受け入れられない一行は、何度も何度も女たちと植木鉢を交互に見た。

「え？　えええええ？」

恐る恐る窓を開けた。

一瞬、襲いかかってくるのではないかという恐怖心を抱くが、そんな錯覚とは裏腹に窓を開けても女たちは中に入っては来ず、

「いいから、入って」

一人の女の手を取った。

人間でないのは確かだが、感触は人間の肌に似ている。ただとても冷たい。血が通っていない。

それでも一行は、思わず女の小ぶりな胸と秘密の部位に視線をやってしまった。下の毛は生えておらず、一行は妙にドキドキしてしまい、顔を赤らめながら手を引っ張った。するとピンとツルが張り、植木鉢と繋がっていることをすっかり忘れていた一行は、どうするべきかと迷う。

切ってもいいのだろうか。

迷った挙げ句、一行は勇気を振り絞って素手でツルを引きちぎった。

しかし、地面に生えている草木のツルをちぎったときと同じで何も起こらなかった。

女は平然としており、何の変化もない。

ひとまず安堵した一行は一人目の女を中に入れた。そして、同じように次々と女たちを部屋の中に入れると、急いでカーテンを閉めた。

一行は悩んだ。目のやり場に困りながらひたすら悩んだ。

警察に通報するべきか。

友人に相談するべきか。

里沙は駄目だ。やましい気持ちはないが、女には話せない。

悩んだ挙げ句、それよりもまずは女たちに服を着せるのが先だと考え、一行は部屋にあるジャージと下着を用意した。

下着は全てトランクスだし、むろんブラジャーはない。あったらおかしい。

女たちは窓際に一列に並んでいる。

黒目はかすかに動いているが、表情はない。感情もなさそうだ。当然色気など一切ない。

一行はまるでマネキンのような女たちをしばらく観察し、右から順に服を着せていく。

女たちは自分から着ようとはせず、一行が全て世話をした。まるで着せ替え人形のようだと思った。

五人の女にジャージを着せた一行は、またしばらく観察した。女たちもじっと一行を見ている。

女たちは今何を感じているのだろうと一行は思う。

人間ではなくとも生き物なのだから、何か感じたりはするのだろう。

服を着て少しは温かいと感じているだろうか。

しかしなぜこうなった？

ヒトデ形の実が、まさかこんな女の姿になるなんて。

ところで、彼女たちは空腹も感じないのか？

植物だから水をあげればいいのか？

しかし、頭から水をかければいいのだろうか……。

女たちの扱い方に悩んでいると携帯が鳴った。

里沙からである。

状況が状況だったので出るべきか迷ったが、一応電話に出た。

「もしもし」

声が上ずった。

「カズちゃん、もう京都から帰ったの？」

「ああ、さっき」

「どうだった？」

「ああ、楽しかったよ、お土産買ってきたから、次会ったとき渡す」

「ありがとう。それよりどうしたの？」

「え、何が」

「いつもと様子違うよ」

喉が唾で鳴った。電話の向こうにいる里沙の、何かを疑った目を想像すると額から脂汗が噴き出した。

一行は女たちを一瞥し、
できるだけ平然と答えた。

「別に何も」

「そう、ならいいんだけど」

向こうに聞こえぬよう一気に息を吐きだした。

「ところでご飯食べた？」

「う、うん」

「何食べたの？　またカップラーメンとかじゃないの？」

「いや今日は駅でカレーライスを」

「ふうん、ならいいけど。私がいなくてもちゃんとしたご飯食べるのよ」

「あ、ああ」

「部屋は汚れてない？」

まだかよ、もういいだろ。

「あ、ああ」

「来週の木曜日に代休取ってそっち行こうと思っているけど、大丈夫？」

「木曜日？　来週……」

「予定入ってる？」

「あ、ああ、仕事のあと、友達と飲みに行く予定入れちゃったけど、別の日にしてもらえるか聞いてみるわ」

「そんな、そこまでしなくても」

「いや、いいんだ。じゃあ大丈夫そうなら木曜日ってことで。じゃあ」

電話を切った一行は一気に力が抜けた。

怪しむ里沙が目に浮かぶが、この状況がバレなければそれでいい。

木曜日はキャンセルして、里沙が仕事のときに突然連絡して、千葉で会って、どこか適当な場所で食事して帰ってくればいいんだ。それで完璧。

それよりも、この女たちをどうしよう。

同じ顔、姿。植物とはいえ、五人の女に囲まれて生活するなんてある意味夢のようではあるが。

だんだんこの状況に慣れてくると、さっきまで深刻に考えていたのが嘘のように、一行は楽観的になった。

「そうだな、まずは彼女たちに名前をつけてやらないとな」

それが義務であるかのようにつぶやいた。

翌日、仕事を終えた一行は自由が丘駅のそばにある洋服店に入り、ワンピースやスカート、ジーンズ、ドレスなど、様々な洋服を購入した。むろん女たちに着せる物である。男物のジャージを着せていてもつまらないと思ったからだ。

しかし下着まで買う勇気はなかった。それに後悔しながら自宅に戻った。

アパートに到着した一行は、一階から自分の部屋を見上げる。

灯りがついており、人影が映っている。

暗い中でずっと待たせておくのは可哀想だからと、朝灯りをつけて家を出ていったのだ。

錆びた階段を上がり、扉の前に立つ。妙に胸が高鳴った。

扉を開けた一行は少し驚いた。

朝起きたときも、朝食を食べているときも、女たちは窓際に横一列に立ってじっとしていたのに、今はそれぞれが違う場所にいる。

ソファに座って遠くを見つめている女。

台所にぼんやりと立っている女。

主人の帰りを待っていたかのように玄関に立つ女。

ベッドに腰かけている女。

そして、朝と同じように窓際に立つ女。

どうやら自分から動くこともあるようだ。

それを知った一行は、絶対に外には出ないよう言い聞かせなければならない、と思った。

ただ、言葉が通じるかどうか疑問であるが。

「ただいま」

声をかけると、全員が一斉に一行を見た。反応が返ってきたのはこれが初めてのことだった。

女たちの見た目は変わらないが、だんだん成長しているということだろうか？　それとも目の前に立つ男を主人と認識したのだろうか？

いつしか女たちを『飼う』ことに決めた一行は、しゃべらなくとも反応があったことが楽しかった。

何だかだんだん可愛く思えてきて、女たちの手を引くと、窓際に横一列に立たせ、先ほど買ってきた洋服を取りだした。

まずは一番右に立つ女だ。

一行はジャージを脱がせ胸元が少し開いた白のワンピースを着せる。そして女にこう告げた。

「お前はエロい格好してるから、カリナだ」

その隣の女には青のジーンズと緑のパーカーを着せた。

「お前はボーイッシュな格好だからメグミだ」

三番目の女にはメイド服を着せた。

「お前はメルヘンチックな格好だからエリナ」

四番目には白いシャツに、黒いタイトのスカートを穿《は》かせた。

「お前は賢そうな格好だからショウコ」

そして五番目の女にはピンクのワンピースを着せた。

「お前は可愛らしい格好だからモモコだ」

全員に洋服を着せ、同時に名前を与えた一行は女たちを眺める。

彼女らにつけた名前は全て、一行が昔付き合っていた女性の名前である。

昨夜なかなか名前が決まらず、この日の仕事中、過去に付き合った女たちの名前をつけることを閃《ひらめ》いたのだった。

もちろん付き合っていた女たちとは全然違うが、格好は似せることができた。イメージどおりだ。

一行はだんだん悪ノリしていることに気づくが、たまにはこんな遊びもアリだろうと自分を納得させた。

女たちを観察する一行は首をかしげた。

「しかしまだ何かが足りないんだ」

それが何か、一行はすぐに気がついた。

「そうだ、化粧だ」

思い立った次の瞬間には玄関に向かっていた。家を出た一行は近くにあるドラッグストアで、口紅やファンデーションやアイラインなどを購入し、走って家に戻った。

女たちは横一列に並んだままである。

一行は袋の中から化粧品を取り出し、白いワンピースを着たカリナから化粧を始める。

むろん化粧などしたことはないが、派手だった本物のカリナの顔や化粧の仕方を思い出しながら女をプロデュースする。

最低だな俺、と思いながらも胸が高鳴る。顔がニヤける。

地味な顔つきの女がだんだん色っぽくなっていくのが一行にはたまらなかった。

カリナの化粧を終えた一行は、すぐさま隣のメグミに取り掛かる。

本物のメグミはボーイッシュで薄化粧だったからやりやすかった。

次はエリナだ。いつもメルヘンチックな格好をしていたエリナはつけまつげやらアイプチやらとにかく顔をいじっていた。

もちろんつけまつげもアイプチも買ってきたが、やり方がよく分からず変な顔になってしまった。しかしまあ一人くらいはいいだろう。

次はショウコだ。

頭のよかったショウコもメグミと同様に薄化粧だったが、眉が太く、目を際立たせる化粧をしていた。

一行は賢い女をイメージして化粧する。

最後はモモコだ。

モモコはいつも頰と唇がピンク色で、それがとても可愛らしかった。

幼い女の子をテーマに、一行はモモコを作り上げていく。

全員の化粧を終えた一行は、女たちから少し離れて観察する。

「おうおう、いいじゃんいいじゃん」

全員同じ顔だが、そうとは思えぬくらい変わったし個性が出た。メイド服のエリナはある意味個性が出すぎだが。

「俺もなかなかやるじゃん」

特にカリナだ。本物と同様、なかなか色っぽくていい。

一行はカリナの女らしさにドキドキしながら冷蔵庫に向かい、中から缶ビールを取り出し、女たちをツマミにビールを飲んだ。

「五人の女を眺めながらなんて最高。ビール超ウマス」

これが本当の『観葉植物』だな、と一行は笑った。

普段家ではあまり酒は飲まないが、この日はあっという間に三本も空けてしまい、ぼんやりとした意識で女たちを眺めていると変な想像が頭を過り、一行はだんだん身体が熱を帯びてきて……激しく首を振った。

「駄目駄目。フフフ」

一行はフラフラと立ち上がると、スーツを着たままベッドに倒れ込んだ。

少し酔いを冷ましてから風呂に入るつもりだったが、酔いと疲れで、そのまま眠りに落ちた。

女たちを『観葉植物』として飼い始めてから四日が過ぎた。

ベッドから下り、リビングに向かうとそれぞれの服を着た女たちが窓際に横一列に立っており、最初のうちは驚いたがもう慣れた。

一行は女たちの視線を感じながら朝の支度をする。女たちが朝食を作り、スーツを用意し、シャツにアイロンをかけ、ベランダの植物に水をやってくれればどれだけ楽か、と思う。

実は昨日、飯の炊き方や、洗濯の仕方や、風呂の立て方を教えてみたが駄目だった。ベランダの植物に水をやる作業すら理解しなかった。

やはり言葉は通じないようだし、学習もしないようだ。

あくまで彼女たちは観葉植物だ。

一行は朝の支度を終え、朝食を食べ終えると鞄を手に取り玄関に向かう。しかし女たちは横一列に並んだまま動かない。

せめてご主人様のお見送りくらいはしろよ、と一行は思いながら、

「行ってくるよ。今日は遅くなる。絶対に家からは出ないようにね」

通じないことは分かっているが、一応声をかけて家を出た。

この日一行は出社早々新宿区に住む客に新車を納車し、午後はショールームで接客を行った。

退社したのは午後六時を少し回ったころだった。

一行はクタクタになりながらも千葉に向かった。

里沙にはまだ連絡していない。しかしすでに台本は出来上がっている。

千葉駅のそばにあるステーキハウスでステーキを食べ、そのあと里沙の部屋に行く。

想像するだけで一行のアレが膨張し、一行はポケットに突っ込んでいる手で目立たせぬようアレの位置をずらす。

今日は何だかアレな気分だ。

里沙に連絡したのは千葉駅に着いてからだった。

ちょうど仕事を終えた里沙は自宅に帰ろうとしていたらしい。

あまりに突然の呼び出しに里沙は少し迷惑そうだったが、嬉しそうでもあった。

　里沙がステーキハウスにやってきたのは、一行が入店してから三十分後のことだった。

　長い髪を一つに束ね、化粧は普段以上に薄く、格好も黒のロングコートに紺のスカートと地味である。一行が書いた台本とは大きく異なるが、全然いい。

　里沙はやってくるなり呆れたように言った。

「急すぎ。来るなら前もって言ってよ」

「悪い悪い。仕事が早く終わったから、会いに行っちゃおうかなって」

　里沙は少し照れながらロングコートを脱ぎ、一行の向かいの席に座った。

「何食べる？」

「私はいつものサイコロステーキでいい」

　一行は店員を呼び、サイコロステーキとサイコロガーリックステーキを注文した。最後に、ガーリックチップを多めにしてくださいとお願いした。

　とにかく今日はそんな気分だ。

　注文を終えた一行はタバコを咥え火をつける。里沙は携帯を見ており、一行は里沙を見る。

背は百四十五センチと超小柄で後ろ姿は高校生のようだが、顔つきは大人っぽく、目もとのホクロと厚い唇が妙に色っぽい。

しかも背の割には胸も大きく、白いシャツから覗く胸元が一行をそそった。

「ところでカズちゃん」

一行は慌てて視線を上げた。

「うん？」

「木曜日はどうなった？」

密《ひそ》かに飼う五人の女たちが目に浮かぶ。

「ああそれがね、やっぱり予定変更できなかったわ。悪い」

過去に付き合っていた女たちとは違い、里沙とは真剣に付き合っているだけに、一行は少し罪悪感を抱いた。

「そう、なら仕方ないわね」

「大丈夫。ちゃんと家事できるから」

「嘘。カズちゃん何もできないじゃない」

「いやいやそんなことないって」

「とにかく私がいなくてもちゃんとするのよ。子供じゃないんだから」

「はいはい」

それからしばらくして、二人の元に野性味溢れる赤身のステーキ肉が運ばれてきた。

食べ終わるころだった。

腹が満たされると一行はさらに欲情が増してきて、とうとう里沙に切り出した。

「ねえねえ、このあと部屋に行っていい？」

甘えた声でお願いした。

すると里沙はフフフと妖艶に微笑んだ。

「ダメ」

表情とは逆の答えに、一行はテーブルについていた肘がガクリと崩れた。

「どうして」

「だって今日、女子の日だもん」

一行は子供みたいに人目を憚《はばか》らず不満の声を上げた。

「それでもいいからさ。な、ちょっとだけ」

「ダメって言ったらダメ。今日は大人しく帰りなさい。明日も仕事でしょ」

一行は一瞬うな垂れるが、諦めきれずもう一度お願いした。

里沙はさっきと同じようにウフフと笑って言った。

「ごちそうさま」


欲望を果たせぬまま里沙と別れた一行は、一人虚《むな》しく電車に乗り東京に戻った。

まるで捨てられた犬のようにトボトボと夜道を歩き、アパートの錆びついた階段を上る。玄関を開けた。

五人の女たちはそれぞれの場所で退屈そうにしており、

「ただいま」

声をかけると一斉に一行を見た。しかし嬉しそうにはしない。無愛想で、今夜は女たちが生意気に見えた。

不機嫌そうに上着を脱ぎ、ソファに投げ捨てる。

タバコに火をつけたが、ベランダの窓は開けなかった。

一行はタバコを咥えたまま女たちの手を取り、窓際に横一列に並ばせる。

今の俺にはこれしか楽しみがないんだ。

ひねくれたように言って、冷蔵庫から缶ビールを取り出した。

床に胡坐《あぐら》をかいて、ビールを飲みながら女たちを観賞する。

洋服と化粧で女たちは大人の色気があるが、一行は何の感情も湧かなかった。

里沙といるときはもちろん、帰りの電車の中でも悶々としていたが、とっくに元気がなくなっていた。

しかしアルコールが回ってくると、ジワジワと欲情がこみ上げてきた。

一行は女たちの脚や胸をじっと見据える。

選び放題ですよ。

どこからともなく悪魔の声が聞こえてきた。

「あぁダメダメ」

一行は自分に言い聞かせ、缶ビールを床に置いたままベッドに向かう。

風呂も入らず、着替えもせず、今夜はこのまま眠ってやろうと思った。

だが眠れない。

女たちと戯れる映像が頭から離れない。

未知の体験。めくるめく世界……。

欲望が爆発した。

一行はベッドから下りるとトイレに向かった。

やはりダメだ、一人で処理しようと心に決めた。

しかしトイレに入る寸前、一行は迷い人のごとくフラフラと女たちのほうへと向かった。

ちょっとくらいはいいだろう？

誘惑に負け、一行は女たちをベッドに連れ込んだ。

薄暗い部屋の中、女たちを一列に並ばせ、少し緊張した面持ちで五人の服を脱がしていく。同時に、一行は自分の着ている服も脱いでいた。

女たちは抵抗せず、また恥じらいもない。されるがままである。それが少し不満だった。

服を脱がすとすぐ胸や秘密の部位が見えてしまい、一行はやはり下着を買うべきだったと後悔する。

やはり相手は人間ではなく植物だと認識するが、一行は止まらなかった。

全員が裸になったところで、一行は中でも特に欲情をそそるカリナの手を引き、軽くキスをした。

人間よりも少し硬く、またひんやりと冷たい。それでも興奮した。

一行は背後に回り、女たちの身体をいやらしく触る。同時に、女たちにも敏感な部位を触らせた。

一行はカリナとモモコをベッドに寝かせ、二人の身体を弄《もてあそ》ぶ。

さすがに五人一気に相手にはできず、エリナ、ショウコ、メグミの三人はベッドのそばに立たせたままであったが、見られていると思うと余計に興奮した。

一行はちょっとのつもりだったが、途中で止めることができなくなっていた。

女は声を上げることもなければ、感じることもない。

それでも一時の感情を抑えることができず一行はカリナの膣《ちつ》に挿入した。

瞬間きつく締めつけられ、さらに奥に進むとこれまでに味わったことのない感触が一行を包んだ。

普段よりもずっと早く精液がこみ上げ、一行はカリナの中で果てた。

果てた瞬間に後悔し、同時に里沙に対する罪悪感を抱いた。

一行は女たちに背を向け、萎んだ部位をティッシュで拭う。

しかしいつもと違う感触に気づき、一行は部屋の灯りをつけた。

大事な部位に、透明なヌメリが付着している。これが拭いても拭いてもなかなか取れない。明らかに精子ではなかった。女の液に違いない。

一行の脳裏に木の幹から滴る樹液が過る。

寒気がした。やはり女たちは植物だったのだと再認識する。

振り返ると背後には女たちがおり、一行をじっと見据えていた。


愛のないセックスを終えたときのように、一行は女たちに背を向けたままシャツを羽織りズボンを穿いた。

冷めた態度でベッドを下り、裸の女たちをそのままにしてリビングに向かう。

タバコに火をつけた。

一時の感情、誘惑に負けた自分を責め、一行はベランダの窓を開けた。

そのときだった。

全身がヒヤリとした冷気に包まれた。

外の風ではない。

裸の女たちがまとわりついてきたのである。

一行は金縛りに遭ったかのごとく動けなかった。

女たちはうっとりとした目で一行の身体に抱きつき、唇を撫で、耳に吐息をかけ、首筋を犬のように嗅ぎ、萎《な》えた部分を優しく愛撫した。

まるで、もう一度一行を欲しがるかのように。

一行は戦慄した。

自分に愛情を抱いてしまったのかもしれないと思った。

いやそんなことあり得るか。一行は否定した。

女たちは植物だ。女心などあるものか。

もっともセックスはしていない。裸にして少し弄んだだけだ。

挿入したのはカリナだけ……。

一行はハッとした。

ずっと気づかなかったが、しつこく身体をまさぐってくるのは四人の女であり、カリナの姿がなかった。

カリナはテレビの前にいた。

カリナだけは冷めた目つきであり、何を見ているのかと思えば里沙と写っている写真だった。

「カリナ……」

そっと声をかけるとカリナは一行を振り向いた。

おっとりとした目、艶やかな表情で迫ってくる。そして、四人の女たちに自由を奪われている一行に、優しくキスをしたのだった。


昨夜は一睡もできなかった。

服を着せても女たちの欲情は収まらず、寝るときすらべったりくっついてきたのである。

朝、一行は逃げるように家を出て鍵を閉めた。扉の向こうに女たちの気配がある。五人の女たちが覗き窓から自分を見ているかと思うとゾッとした。

昨夜、植物の女たちと関係を持ってしまったことに後悔の念を抱きながら会社に向かう。

しかし会社に着いても気が紛れることはなく、まったく仕事が手につかなかった。

まさかこんな厄介なことになるとは思わなかった。ほんの少し弄んだだけではないか。

しかし冷静に考えれば、植物が愛情を抱くのも不思議ではないと思った。

動物が恋をするように、植物だってしゃべれなくとも感情はある。

昨夜、植物の女心を呼び覚ましてしまったのだ。

早く何とかしなければならないが、どうすればいいのかと思う。

時間だけが過ぎ、この日最後の客と思われる男性に接客している最中のことであった。一行はふと違和感を抱いた。

客に気づかれぬよう車両の説明を行っていたが、気になって仕方がない。

何だろう、この感じは。

身体中に何かがまとわりついているようである。

そのとき、昨夜大事な部位に付着していた透明のヌメリが脳裏をかすめた。

そう、あのヌメリが全身に付着しているような感覚。

一向に違和感を拭い去れぬまま、一行はこの日の仕事を終え退社すると、家には帰らなかった。

とても帰れる心境ではなく、一行は会社の近くにあるビジネスホテルに泊まることにした。

部屋に入るやいなや、一行は風呂に入り入念に身体を洗った。

会社にいるときよりはだいぶ落ち着いて、昨夜一睡もしていなかった一行は十時前に眠りに落ちた。


瞬く間に朝を迎え、売店で朝食を買ってホテルを出る。

ところがその刹那、再び昨日と同じ嫌悪感を抱いた。

全身に冷たいヌメリがまとわりついているような、この感覚の正体は何だ。

この日は朝からずっと嫌悪感が消え去ることはなく、会社を出るころ、一行の脳裏にある映像が浮かんだ。

「まさか……」

一行は考えた末携帯を取り出し、大学時代からの友人である高木翼《たかぎつばさ》に連絡した。彼は現在無職であり、毎日ゲームセンターに入り浸っている。時間が腐るほどあるため、きっと引き受けてくれるだろうと思った。

思ったとおり高木はすぐに電話に出た。

「ああ俺、ちょっといいかな」

一行は声を潜めて言った。

「これからメシ行かない？　ちょっと頼みがあるんだわ」

＊

四日後高木から連絡があり、一行は仕事を終えると指定されたファミリーレストランに向かった。

喫煙席の一番奥に高木がいた。

ボロいパーカーにスエットパンツ姿の高木は長髪を一つに束ね、耳には派手なピアスをはめ、顎《あご》には無精髭《ぶしょうひげ》を生やしている。

タバコを吹かしながらコーヒーを飲む高木に声をかけた。

「悪い、遅くなった」

「いやいや、暇だからいいんだ」

高木はなぜか嬉しそうに言った。

対照的に、一行は深刻な面持ちで高木の向かいに腰掛けると、鞄の中から封筒を取りだし、それを高木に差し出した。

中には三万入っている。

「これ、少ないけど」

高木は鼻の下を伸ばしながら中身を見た。

「え、こんなにいいのかよ、ちょっと多くねえ？」

「いやいいんだ、とっておいてくれ」

「そうか？　金がねえから助かるよ」

「それより」

「ああ、今見せるぜ」

高木はニヤリと笑みを浮かべると、スエットのポケットからたくさんの写真を取りだし、一枚一枚テーブルに並べた。

写真には五人の女たちが写っている。かなり遠くからではあるが間違いなかった。

女たちの視線の先には一行がいる。

ショールームで接客する一行を眺める女たち。昼食に出掛ける一行のあとを追う女たち。ビジネスホテルに入るのを確認する女たち。

やはりそうだった。あのヌメヌメした液が全身にまとわりついているかのような嫌悪感の正体は女たちであった。

戦慄する一行を、高木はニヤニヤと眺めていた。

「一行、何だよこの女たちはよ」

「…………」

「バレちゃヤベぇから近づかなかったけどよ、何か気持ち悪かったぜ。ずうっとお前を見てんだ」

「…………」

「おい一行、いつの間に手出したんだよ。しかも五人の女につきまとわれるって、お前も相当やるなあ。何やらかしたんだ？」

この言い方だと、どうやら高木は五人全員同じ顔であることに気づいていないようであった。

それでいい。それぞれ違う化粧の仕方をしておいてよかったと一行は思った。

「おい、教えろよ。いつ手出したんだよ。てゆうか、里沙にバレたらやっべえぞ。殺されっぞ」

「いや、違うんだ。高木が想像しているようなことは、何もねえんだ」

どんなに否定しても説得力はないが、事実を話すこともしなかった。もっとも事実を話しても信じてもらえるわけがない。

「なあ高木、頼むからこのことは誰にも話さないでくれな」

「分かってるよ。誰にも言わねえよ。だから教えろよ。てゆうか、今もこいつらお前をどっかから見てるかもしれねえぞ」

それはない、と一行は思った。

今はあのヌメヌメした嫌悪感はまったく感じないのだ。

何となくだが、女たちは今アパートにいるような気がした。

部屋で主人の帰りを待っている女たちの姿が目に浮かぶ。

このとき、ある決意を固めていた一行は、そのほうが好都合だと思った。

ファミレスをあとにした一行は殺気に満ちていた。

迷いはない。女たちを処分する。

奴らは植物とはいえ危険だ。

放置すればこの先、純粋な愛情から狂った愛情に変わっていくであろう。いや、愛情が憎しみに変化することだって考えられる。

女たちがエスカレートする前に殺処分するのだ。

奴らはあくまで植物だ。殺しても罪にはならない。罪悪感を抱く必要もない。筋トレのときに使っている七キロの鉄アレイで有無を言わさず殴り殺してやる。

六日振りに自宅アパートに帰ってきた一行は、二階の部屋を見上げた。

リビングの灯りがついており、かすかに女たちの影が見える。

一行は錆びた階段を上がり、扉に手を伸ばす。

鍵はかけられておらず、一行は勢いよく扉を開けた。

一行は靴のまま家に上がり、鉄アレイを摑んで女たちに殴りかかる。

はずであった。

しかし女たちを見た一行は驚愕した。

女たちの頭や手や足から茎や葉が生えており、その先端には黒い花が咲いていた。

黒い花びらの中央にはタンポポのような綿毛があり、女たちが動くとその綿毛が抜け、フワフワと天井に浮いた。

一行は、黒い花をどこかで見たような気がした。

しかしすぐに、見たのではなく聞いたのだと知った。

叔母の明子が言っていた、二十年間蔵に閉じ込められていた、植物化した女……。

「新月美人……？」

まさか、この女たち。

一行は蔵で死んでいた女の顔も、名前も知らない。

しかしこれまでの経緯や、見たこともない黒い花を見て、この女たちは、蔵で死んでいた植物化した女なのではないかと思った。

植物化した女から生えた黒い花の綿毛の種がベランダまで飛んできて、偶然植木鉢で育ち、人間の姿に……。

常識では信じられないことだが混乱した一行には真実に思えた。

一行は目の前にいる女たちを畏怖した。

殺処分するどころか、後ずさりする。

ふと、カリナの足元に目がいった。

カリナの足元にだけビリビリに破かれた紙が落ちている。

よく見ると、写真であった。

一行はハッとして、部屋にいくつか飾ってある写真を見た。

全て里沙の部分だけ破かれている。

里沙に憎悪と嫉妬の念を抱いているかのように。

そのときだ。

女たちが艶やかな表情を浮かべながらゆっくりと歩み寄ってきた。

「来るな」

一行は震えながら叫んだ。

しかし女たちは言うことを聞かず迫ってくる。

一行は背を向けたままドアノブに手をかけた。

すると、五人の女たちの動きが同時に止まり、一行は安堵した。

その刹那、女たちは右腕を顔に寄せ、腕から生えているたくさんの黒い花に強く吐息を吹きかけたのである。

一瞬目の前が見えなくなるくらい大量の綿毛の種が、襲いかかるようにして飛んできた。

大量の種を浴びた一行は、女たちの奇行に気圧《けお》され家を飛び出しひたすら逃げた。

精神的に追い詰められていた一行は、女たちが追いかけてきているような気がして、捕まれば命を奪われるのではないかという想像に支配されている。

「バケモンだ！」

最初は贅沢な観葉植物だと思っていたがとんでもない。

あれは蔵に閉じ込められていた、植物化した女に違いないんだ。

女が完全な植物として復活し、また黒い花を咲かせ……。

一行はあることに気づくと、さらなる恐怖心を抱いた。

恐らく女はあの五体だけでなく、各地に生息している。

その女たちも当然黒い花を咲かせ、その黒い花から種が飛ぶ。

もしその種から再び女が生まれるとしたら……。

女は一気に繁殖し、やがて人間よりも数が増え、人間を支配する。

ふと、女たちと過ごした日々が脳裏を過った。
様々な過ちを犯した自分を責め、後悔の念を抱いた。もう遅い、と思った。
気づけばそこは自由が丘駅だった。
一行は女たちに怯えながら電車に乗った。
ここまでは来られないだろうとひとまず安堵する。
里沙に会いたい、と一行は思った。
里沙に会えば全て忘れられそうな気がした。
駅に到着した一行は里沙のアパートに向かった。
到着したとき、時計の針は十二時を回っており、二階の里沙の部屋は暗くなっていた。
一行はチャイムは鳴らさず、アパートの前で里沙に連絡した。
すると里沙はすぐに電話に出て、下に一行がいることを知ると急いで玄関扉を開けた。
里沙はコートを羽織ってきたが、下はパジャマだった。
「どうしたのこんな遅くに」

里沙の顔を見た瞬間安堵すると同時に、里沙を裏切ってしまったという罪悪感でいっぱいになった。

「ごめん」

一行はそれしか言えなかった。

「とにかく寒いから入って」

一行は力無くうなずき階段を上る。

すると後ろにいた里沙が言った。

「やだ何この綿。背中にいっぱいついてる」

一行はドキリとし、里沙を振り返った。

「ちょっと動かないで」

里沙は一行のコートをバンバンと叩く。

すると、綿毛の種が夜空を舞った。

一行は、女たちが繁殖してしまうという危機感を抱くが、里沙に話すことはできず、無言のまま部屋に入った。

ピンクを基調とした女の子らしい部屋には、一行と一緒に写った写真がたくさん飾られており、写真を見ると一行は再び罪の意識を抱いた。

里沙はすぐにヒーターをつけてくれて、

「今ホットミルク作ってあげるから、ヒーターの前で温まってて」

と言った。

一行はヒーターの前に座り、鉛のように重い溜息を吐いた。

その様子を見ていた里沙が、心配そうに尋ねた。

「どうしたのよ、そんな溜息なんか吐いちゃって」

一行は真っ直ぐ里沙の目を見ることができず、

「ごめん」

今にも消え入りそうな声で言った。

「さっきからごめんごめんって、どうしたのよ。いったい何があったの？　話してごらん」

黙っていると、里沙が呆れたように言った。

「もう、カズちゃんらしくないわねえ」

「ごめん」

下を向いていると、ホットミルクのいい香りがしてきて、顔を上げると里沙が優しく微笑んだ。

「はい、これ飲んで温まって。何があったかはもう聞かないわ。明日も早いんだから、それ飲んだらもう寝よう」

「うん、分かった」

その場ではそう返事をしたが、翌日一行は体調不良を理由に仕事を休んだ。

里沙を見送った一行は、里沙の部屋で一人時間を過ごした。

今夜も里沙の部屋に泊まろうかと思う。あんな家に帰るのはもうごめんだ。

しかし昼過ぎ、一行は思い立ったように里沙の部屋をあとにした。

やはり逃げたままではいけないと思う。

昨夜は女たちへの恐怖に気圧され逃げてしまったが、このまま放置してはならない。

自分の手で決着をつけなければ。

自分で蒔いた種は、いや、種は蒔いてないが、とにかく奴らを処分する。

夕刻、自由が丘駅に到着した一行は、緊張の面持ちではあるがしっかりとした足取りで自宅に向かう。

やがてアパートが見えてきた。

夕陽の光に目を細め、二階にある自分の部屋をじっと見据える。

いよいよ、全てを終わらせるときがきた。

恐れるな、相手は植物だ、殺しても問題ない、これは正義だ、駆除なのだから。

一行は自分を勇気づけながらアパートに歩を進める。

そのときだった。

アパートの集合ポストのあたりから二人の女性の声が聞こえてきた。

「そうそう、それより201号室の小澤さん」

「え、なになに、小澤さんがどうしたのよ」

一行の足が止まった。まさか、と思う。

一行の位置から彼女たちの姿は見えないが、話しているのは101号室の野村加代《のむらかよ》と、その隣に住む山田佳代《やまだかよ》である。

二人は偶然名前が一緒で、恐らくそれをきっかけに仲良くなったと思われる。

ともに五十は過ぎているはずだが、未だ独身らしく、しょっちゅう集合ポストのあたりで世間話をしている暇人である。

一行は二人に遭遇するたびに一応挨拶はするが、心の中で『また野村と山田カヨ』と言うのであった。

「私偶然見ちゃったの」

野村が言った。

「昨日の夜、小澤さんの部屋に女性がいるのを」

「それ、よく来る彼女でしょう？」

「それが違うの。カーテンの隙間からチラッと見えただけだけど、あれは違ったわ。目が合うとカーテンをサッと閉めてね」

「あらやだ。あの子、他にも彼女がいたの？」

「それが、何か変な雰囲気の子だったわ」

「変な雰囲気？」

「そう、言葉では言い表せないんだけれど、とにかく変だったわ」

「ああ、そんな言い方されたら気になるわ」

「もしかしたら今も部屋にいるかも」

「ずっと部屋にいるなんて、小澤さん、もしかして軟禁しているんじゃないの？」

山田が冗談交じりに言った。一瞬間が空き、二人はアハハハと下品に笑った。

「馬鹿が」

二人に気づかれぬよう会話を聞いていた一行は、思わず感情が言葉に出た。とはいえ冷静である。

仮に、女たちを飼い始めた直後に今の会話を聞いていたら、酷く狼狽えたであろう。しかしもう焦る必要はまったくない。

これから処分するのだから。

一行は野村と山田が部屋に戻ったのを確認すると、錆びた階段をゆっくりと上がり、扉の前に立った。

いる。確実にいる。植物たちの嫌な気配を感じるのだ。

一行は勢いよく扉を開けた。

玄関には昨晩女たちが飛ばした綿毛の種が大量に落ちており、その先に女たちがいた。

女たちは〝一行だけ〟が写っている写真を眺めており、主人が帰ってきたのを知ると振り返った。

女たちと目が合った一行は息を呑んだ。

目の前にいる女たちが、まるで別人のように変貌していたからであった。

肌は老人のようにたるみ、身体から生えている茎や葉や花も、栄養が行き届いていないかのように萎《しお》れている。

枯れ始めている、と一行は思った。

女たちに潤いはなく、乾いた瞳で一行に歩み寄る。しかし動きは鈍く、一行はスルリとかわすとリビングに置いてある七キロの鉄アレイを手に取った。

一瞬動揺はしたが、昨晩とは違い一行に迷いはなかった。

一行は女の後ろに立つ。ピンクのワンピースを着ているが名前は出てこない。名前なんてもう忘れた。

一行は鉄アレイを大きく振り上げ、女の頭を目掛けて思い切り振り下ろした。

その瞬間、ヌメヌメした透明の液が飛び散り、同時に、女はまるで空気が抜けていくように萎んでいった。

女は一行を振り返り、悲しそうな目で何かを訴えている。しかし一行は何の感情も抱くことなく顔を背けると、周りに立っている女たちの頭を次々と殴打していった。

女たちは逃げもせず、また抵抗すらしなかった。

ヌメヌメした透明の液を垂らしながらみるみる萎んでいく。

最期、女たちの身体は半分くらいになり、洋服と一緒にクタリと倒れた。

拍子抜けするほど簡単に女たちは死に果て、一行は息を荒らげながら女たちを見下ろした。

重大なことに気がついたのは、冷静になった直後であった。

一行は慌てた仕草で周りを確認する。

いない。

一人いない。

いくら数えても四体なのだ。

一行は当たり前のように全員いると思っており、また、極度の興奮状態にあったため、まったく気づかなかったのだ。

いないのは誰だ。

一行はすぐに白いワンピースがいないことに気がついた。

白いワンピースは、カリナだ。

「どこへ消えた……」

ふと一行の視界に、しわくちゃになった里沙の笑顔が入った。

昨晩、カリナの足元に落ちていた写真である。里沙の部分だけを滅茶苦茶に破り捨てたのはカリナに違いなかった。

今思い出したが、カリナ一人だけが写真を眺めているときもあった。

一行はカリナの異常な嫉妬心に不安を抱いた。

「まさかあの女、里沙を」

いや有り得ない。里沙は千葉だ。もっとも居場所すら分からないはずだし、仮に知ったとしても、カリナだって枯れ始めているはずである。里沙の元に辿り着く前に枯れるはずだ。

とはいえ安心はできなかった。

一刻も早く見つけ出して処分しなければ。

一行は玄関に向かった。

その直後であった。

ピタリと動作が止まった。

何かが変だ、と思った。

身体のどこかがおかしい。

一行はカリナを捜すことを忘れてしまったかのように洗面所に行き、鏡で自分の顔を見た。

目が、顔が、よく見れば肌全体が、かすかではあるが緑がかっている。

肌の質も明らかに変わっている。

潤いはなく、いつ生えたのか白い産毛《うぶげ》がたくさんある。

それはまるで、葉の裏に生えている毛のようであった。

一行は叔母の明子の話を思い出す。

蔵の中で植物化した女。

植物化。植物……。

ふとあの晩の出来事が脳裏を過る。

女たちを裸にし、弄び、カリナで果てる。相手は植物であり、声も表情もなかったが中は妙に生々しく、淫靡《いんび》であった。
一行は中できつく締めつけられ、ヌメヌメした透明の液が絡みつく。
あれだ、と一行は思った。

第四話　再生

小雨が降る夜道を裸足のまま、里沙は何者かに手を引かれるようにして歩いていく。

心は抗《あらが》うが、身体が支配されており自分を思うようにコントロールできないのだ。

意思とは逆の方向へ進みながら里沙は心の中で叫んだ。

カズちゃん。

カズちゃん。

カズちゃん。

呼び続けなければ、一行の存在すら記憶から消えてしまいそうであった。

まだ辛うじて自分の全てを失ってはいないが、最後は身体だけでなく、心や脳まで完全に支配され、自分の名前すら分からなくなってしまうのだと里沙は知った。

ここは、どこ？

何となく見覚えのある風景だが里沙は思い出せない。

里沙は自分をどこかに連れ去る何者かに抵抗するように後ろを見た。

たくさんの建物がある中で、二階建ての古いアパートに目がいった。

しかしそれがなぜなのかまったく分からない。

カズちゃんはどこ？

ついさっきまで一緒にいたような気もするし、もう長い間会っていないような気もする。

思い出せない。

自分が自分でなくなってしまう前に、ほんのわずかな時間でもいいから最後に一行に会いたいと里沙は願う。

しかし会いたいという感情を抱けば抱くほど心が苦しくなる。

それは、実はもう一行の顔すら思い出せないからであった。

うっすらとシルエットは浮かんでいるが、霧がかかっているかのように顔が見えないのだ。

里沙の瞳から一筋の涙がこぼれた。

「カズちゃん」

この声が届いてくれたらどれほど幸せか。

そう思った、そのときだった。

どこからともなく一行の声が聞こえてきた。

里沙。

とても暗い声であるが、里沙は嬉しかった。

すぐ近くにいるような気がして、早く会いに来て、と心の中で言った。

しかし一行の次の言葉に里沙の笑みは消え、どん底へと突き落とされた。

どうして？

どうして突然そんなこと言うの？　私の何がいけないの？

一行は答えるどころか、ぼんやりとした彼のシルエットが遠ざかっていく。

その瞬間里沙はある事実を思い出したのだった。

そうよ、今聞こえたのは、あの日カズちゃんに言われた言葉だったんだわ。

それを思い出したのを切っ掛けに、里沙の記憶にかかっていた深い霧がだんだんと晴れ、里沙はまず『その日』の出来事を思い出した。

一行のことはもとより、他にも強く印象に残っていることがある。

まずは、奇妙な女たちの話……。

確か月に一度刊行されるタウン誌の準備に毎日追われていて、その日も朝から編集長や他の編集部員とともに千葉駅のそばにオープンしたショッピングモールに取材に出掛け……。

そう、その途中で編集長があの話をしてきたんだ。

『昨夜久々に大学の友人と飯を食べてな。そいつは今東京の新聞社で記者をしているんだが、酒に酔った勢いで俺にある情報を教えてくれた。

どうやらそいつも極秘ルートで得た情報らしいがな、今東京や神奈川の各地で裸の女たちが次々と警察に保護されているらしい。

正確な数は分からないが、驚くべきはここからだ。

どうやらその裸の女たちは、全員同じ顔なんだそうだ。顔だけじゃない。背も髪型も、体つきも全部一緒なんだそうだ。

共通しているのは姿形だけじゃない。

保護されている女たちは一言もしゃべらず、また一切食事を摂らないらしい。

身元も分からず、また引受人もいないから、警察は相当頭を抱えているらしいぞ。そいつは、裸の女たちは人間じゃなく、何者かが作ったクローンなんだって、本気で言ってたがな』

あの話を聞いたとき、興味深げに聞いてはいたが、内心ではそんな話あり得るはずがないと思っていた。正直馬鹿馬鹿しいとさえ感じていた。

新聞記者は酔っていたというし、どうせただの作り話だろうと信じていなかった。だから現場に着いたころにはすでに頭の片隅にすら残っていなくて、それよりもあのとき、前の晩に突然アパートにやってきた一行を心配していた。いつもと明らかに様子が違っていて、今日は会社も休んでしまったから。

ショッピングモールの取材を終えたのは午後四時過ぎで、その後出版社に戻り、原稿や店内の写真などをチェックし、退社したのは午後七時過ぎだった。

一行から連絡が来たのはその直後だった。

電話に出ると一行が暗い声で、

『里沙』

と呼び、どうしたのと答えると、突然こう言ったのだ。

『ごめん里沙、何も聞かずに俺と別れてくれ』

一行は理由を告げぬまま一方的に電話を切った。

突然別れを告げられた里沙はしばらくその場から動けず、混乱する中、昨晩の一行を思い出していた。

理由を聞いても何も答えず、酷く落ち込んでいる様子で、珍しく身体を求めてくることもなかった。

あんな一行は初めてで、きっと仕事のことで悩んでいるのだとばかり思っていたが、今その答えを知った。

昨晩一行は別れを告げにやって来たのだ。

どうして、と里沙は一行に問うた。

信じられないというより、理解できなかった。

昨日までそんな素振り見せたことなかったじゃない。

そう、この前だって仕事が終わったあと、わざわざ千葉まで会いに来てくれたのに。

まさか別れのときがやってくるなんて考えてもいなかった。

近い将来一緒になるとばかり思っていた。二人は赤い糸で結ばれていて、お互い運命の人だって信じていた。

一行と交際し始めて三年。

こんな呆気なく終わるだなんて考えてもいなかった。

実は自分が気がつかなかっただけで、一行はずっと悩んでいたのだろうか。

それは有り得ない、と里沙は強く思った。

少なからず女の勘が働くはずだが、一切そんな空気は感じなかった。

急に好きな女性ができたのかもしれないと思った。

自分の何がいけなかったんだろう。

一行のために料理や家のことはもちろん、目に見えないところでもいろいろと努力して尽くしてきたはずなのに。

お互い仕事が忙しくてあまり会えなくなったから？　母親みたいに口うるさいから？　それとも、女性として魅力を感じなくなったから？

里沙は一方で、別の意味で納得がいかない点がいくつかあった。

昨晩の時点で別れを決意していたのなら部屋に泊まろうとは思わないだろうし、今日だって仕事を休む必要はないはずだ。

いくら別れを決めたとはいえ、たった一言で電話を切ってしまったのも気になる。

気持ちが冷めたにしても、あんな別れ方をする人じゃないから……。

里沙は気づけば千葉駅にいた。どうしようか迷ったが、結局東京行きの電車に乗った。

別れるつもりはないけれど、まずは理由を聞きたいと思った。

一時の感情であることを信じて、里沙は一行の元に向かった。

自由が丘駅に着いたのは午後九時近くなっていた。

一行はきっと鬱陶しがるだろう。余計に嫌われてしまうかもしれない。

でも引き返すほど気持ちに余裕はなかった。嫌われてしまうのを承知で里沙は一行のアパートに歩を進めた。

アパートに着いた里沙は二階の部屋を見上げた。

一応灯りはついている。

部屋に別の女性がいたらどうしようと思いながらも、錆びた階段を上り、玄関の前に立ち、扉をノックした。

長い間が空いて、

「はい」

一行の声が聞こえた。

電話のときとは違う、魂の抜けきった声だった。

「カズちゃん？　私……」

姿は見ずとも一行が動揺しているのが分かった。

一行は最初よりも長い間を置き、

「別れようって、言ったろう」

苛立ちと困惑が混じっているような声で言った。

「どうしたのよカズちゃん突然」

「…………」

「私の何が悪いの？」

「…………」

「お願い、ちゃんと話そう？」

里沙は鞄の中から合い鍵を取りだし、鍵穴に挿し込んだ。すると中から突然、

「開けるな！」

怒鳴り声がして、里沙はビクッと凍り付いた。

「どうして」

怯えながら問うと、

「絶対に開けるな。開けちゃ、ダメだ」

一行は激しく動揺しながら言った。

「カズちゃん？　いったいどうしたの？」

「いいから帰ってくれ。頼むよ里沙。分かってくれ」

「何か、あったの？　もしかして中に誰かいるの？　そうなの？」

「そうじゃない。そういうことじゃない」

「じゃあどうして」

「悪い里沙。もう来ないでくれ。俺には会わないほうがいい。関わらないほうがいいんだ」

「それどういうこと？」

「きっと、いずれ分かるよ」

意味深な言葉に当惑していると、

「落ち着いたら必ず連絡する。そのときに話そう。だから里沙、頼むから、頼むから今日は帰ってくれ」

帰らせるための口実であり、連絡するというのも嘘のような気がしたが、ここまで強く言われたらさすがに諦めるしかない。

「分かったわ」

里沙は鍵穴から鍵を抜き取り、階段を下りた。

しかし合い鍵をポストに返すことはしなかった。

里沙はしばらく下で待っていたが、扉が開くことはなく、未練を抱きつつ一行のアパートに背を向け、重い一歩を踏み出した。

一行が放った一言一言が里沙を悩ませ、心に突き刺さる。

里沙はショックであると同時に、一行が心配だった。

一行は会いたくないというより、まるで姿を見られるのを恐れているかのようだった。

気持ちがなくなったというより、別れざるを得ない状況になってしまったといったような感じであった。

一行は明らかに何かに怯えている。誰かに脅されているような雰囲気でもあった。だから余計に、追いかけてきてくれるのではないかと期待していた里沙はいつも以上にゆっくり歩いた。

するとすぐに、後ろから誰かが駆け足でやってくるのが分かり、里沙は胸を弾ませ振り返った。

そのときにはもう細い両手が伸びてきており、危機を察すると同時に首を絞められていた。

髪の長い、白いワンピースを着た女であった。

このとき里沙はパニックに陥っており、また辺りが暗かったせいもあってはっきりと顔は分からなかったが、皮膚は酷く荒れており、両腕からは何やら奇妙な物体が生えていた、ように見えた。

女は急所を的確に締め付けてきた。

里沙は抵抗しながら必死に助けを求めた。一行のアパートはすぐそこなのだ。

しかし喉を締め付けられている里沙は思うように叫べず、一行はもとより誰も気づいてはくれなかった。
里沙は朦朧《もうろう》とする意識の中、女の目を見た。
無言の女は、殺意を抱いた目をしていた。
殺される――。
里沙は女の腹を蹴った。
女は地面に倒れたが、声を上げることはなくまったく痛みを感じていなさそうだった。
女はすぐに起き上がり、両手を水平に伸ばしながら襲いかかってきた。
里沙はヒールのまま駆けだした。暗闇の中を叫びながら必死に逃げた。
振り返ると女の姿はなかった。
それでも里沙は走るのを止めず、駅に逃げ込むと発車寸前の電車に飛び乗った。
ドアが閉まり、ひとまず安堵する。
少し落ち着いた里沙は、空いている席にくずおれた。
首に、そっと手をあてる。
女の恐ろしい目が脳裏を過る。

全ての原因はあの女だ、と里沙は確信した。

嫉妬に狂って襲いかかってきたのだ。

しかし里沙は、一行の新しい交際相手とは思えなかった。

顔ははっきり分からなかったが、肌を見る限り若い女ではなかった。それ以前に、一行があんな狂った女を選ぶわけがない。

きっと一行はあの女に付きまとわれていて、いつか私にも危険が及ぶのを察知して……。

里沙は鞄の中から携帯を取りだし、電車に乗っているのを忘れて一行に電話した。

女に襲われたことは伝えるつもりだが、女について問うつもりはない。

ただ、私が守ってあげる、と言葉をかけてあげたかった。

しかし、いくら呼んでも一行は電話に出てくれなかった。

*

その後も里沙は何度も一行に電話をかけ、メールを送った。

しかし一行は電話に出るどころか返信すらしてこず、ただただ不安なときが過ぎていった。

翌日も、翌々日も一行から連絡が来ることはなかった。里沙は限界だったが、それでも一行を信じて待った。

そして、『あの出来事』から三日目の朝を迎えた。

里沙は一行の身を案じ、また、女に不安と警戒心を抱きながら出版社に向かった。

しかし仕事が手につかず、気分が悪いと嘘をついて午後五時に退社した。

やはりもう一度、一行のアパートに向かおうか。

迷っているうちに電車は自宅の最寄り駅に到着し、里沙はホームに降り立った。

凍てつく寒さに身を縮めながら駅の階段を下り、夜空を見上げ、そこに一行の姿を思い浮かべた。

里沙は鞄の中から携帯を取った。

しかしその直後、里沙の動作が止まった。

すぐそばで急に人だかりができたのである。

何だろうと、人々の視線の先を見た。

そこには七人の女たちがおり、その女たちがみんな裸で立っていたのである。

男性は裸体の女たちに喜び、女性は不潔な物を見るような目を向けていた。

しかしすぐにみんなの表情が凍り付いた。

全員同じ顔、同じ体つきだからである。

里沙は一瞬錯覚ではないかと自分の目を疑ったが間違いない。やはり七人ともまったく同じ顔なのだ。

奇妙な物体に周囲の騒ぎは大きくなり、さらに人が集まりだした。

女たちに表情はなく、また恥じらいもなく、無意味に辺りをウロチョロしている。まるで意思を持たないロボットのようである。

ふと里沙の頭を過るものがあった。

編集長が言っていた、『奇妙な女』の話を思い出したのだ。

あの話が本当だったことに愕然としていると、七人の女たちが同時に里沙を見た。

次の瞬間である。

裸体の女たちが、まるでゾンビのように両手を水平に伸ばしながらこっちに迫ってきたのだ。

脳裏に、三日前の記憶が過る。

里沙は鞄を抱えて逃げた。

振り返ると、三日前の女とは違い諦めずに追いかけてきている。

しかし足は遅く、自宅アパートに着いたころ、女たちの気配は消えていた。

里沙は急いで階段を上がり、ヒールのまま部屋に逃げ込み、鍵を閉めると暗闇の中に崩れるように座り込んだ。

どうして私が狙われるの……。

茫然自失の中、里沙はすぐに自分の過ちに気づいた。

もしここがバレたら、逃げ場はない。

里沙はすぐさま立ち上がった。

その刹那ドアノブが激しく音を立てた。

心臓が止まる思いであった。

居る——。

扉の向こうに女たちがいる。

女たちは扉を無理矢理こじ開けようとしている。

里沙はベランダの窓を開けた。

不幸なことにここは二階である。

どうにかベランダから一階に下りられる方法はないか模索していると、玄関のほうから声が聞こえた。

「里沙——」

間違いなく、一行の声であった。


里沙は扉を開けるなり一行に抱きついた。

一行の温《ぬく》もりが、里沙を心底安心させた。

「怖かった……」

しばらくこうしていたい、と思った。

と同時に、あれほど自分を拒んでいた一行がどうして突然家にまでやってきたのだろうと思い、里沙はそっと一行を見た。

その瞬間、里沙は言葉を失った。

一行は自分を失っているかのごとく遠くのほうを見据えているのだが、その顔色が酷く悪いのである。

薄暗がりの中ではっきりとは分からなかったが、青白いのではなく、緑っぽいのだ。

もしや悪い病気なのではないかと里沙は怖くなり、

「カズちゃん、どこか悪いの？」

勇気を出して聞いた。しかし一行は答えるどころか目も合わせてくれない。

もしかしたら、病気であることを知られたくないから会うのを嫌がったのかもしれない。

明らかに様子のおかしい一行に里沙は戸惑うが、サッと一行の手を引いて中に入れると急いで扉を閉めて鍵をかけた。

「全員同じ顔の、裸の女たちに襲われそうになったの！」

いきなりそんなふうに伝えても信じてもらえるはずがなかった。

里沙は落ち着いてと自分に言い聞かせ、

「とにかく中に入って」

一行の手を握りしめて言った。

その刹那、突然一行に手を引かれた。

一行は靴のまま部屋に上がると、ベッドのほうに進んでいく。

「ちょ、ちょっとカズちゃんどうしたの」

一行は振り返りもせず、里沙を強引にベッドに寝かせると、無理矢理里沙の服を脱がし始めた。

里沙は一応抵抗したが、本気の抵抗ではなく、あっという間に裸にされてしまった。

突然野獣と化した一行に戸惑うが、一行が自分の元に帰ってきてくれたのが嬉しくて、里沙は一行を受け入れた。

うっとりとした目で一行を見つめ、

「カズちゃんも、脱いで」

そっと一行の服を脱がしていく。

お互い裸になり、里沙は一行を強く抱きしめた。

抱き合っただけで里沙の身体は火照り、陰部が濡れているのが分かった。

しかしすぐに違和感を抱いた。

一行の身体中に、白い産毛がたくさん生えているのだ。

とはいえ、あくまで産毛である。さほど気にはならず、里沙は一行の唇にキスをした。

「寂しかった。ねえどうして別れようなんて言ったの？　どうして俺には関わらないほうがいいなんて言ったの？」

優しく問うた。しかし一行は答えず、膨張した陰部を里沙の秘部に向けてきた。

「え、いきなり」

里沙は顔を赤らめて言った。しかも、避妊具もつけずに……。

慎重な里沙はいつもなら拒んでいるが、この日は一行に応じた。

一行が動くと里沙は快感に包まれ、思わず声を上げた。

一行は里沙を抱きしめ激しく突く。

里沙は我慢できずに果てた。同時に一行も果て、勢いよく精子が子宮に飛び込んできたのが里沙には分かった。

里沙は一行と繋がったまま起き上がると一行にキスをし、陰部を抜くと、ティッシュで優しく一行を拭いてあげた。

ベッドから下りると膣から精子が垂れそうになり、里沙は慌てて風呂場に向かった。

「ごめんカズちゃん、先浴びてくる」

いつものことである。

シャワーを浴びて出ると一行はベランダでタバコを吸っている。はずであった。

風呂場から出た里沙は、

「カズちゃんいいよ」

と声をかけた。

しかし一行は部屋から消えていた。トイレにもいなかった。

玄関扉を見ると、閉めたはずの鍵が開いている。

タバコでも買いに行ったのだろうかと思い里沙は携帯で一行に電話した。

しかしあの日と同じように、一行は電話に出なかった。

結局一行は帰ってくることも連絡してくることもなく、里沙は一睡もしないまま朝を迎えた。

疲れのせいか、身体が妙に怠《だる》い。頭も重い。

何だか昨晩の出来事が幻のように感じられた。

いや、本当に夢か幻だったのかもしれないと里沙は思った。

思えば、一行は最初に『里沙』と言ったきり一言もしゃべらなかったし、表情もいつもと全然違ったし、愛し合えたと思ったら、突然姿を消してしまった。ずっと暗かったから、一行の表情もよく分からなかった。

昨晩見た一行は、一行ではないような気がした。

里沙は一行が気がかりであり、とても仕事に出る気分ではなかったが、さすがに休むことはできず、いつもどおりの時間に部屋を出た。

外に出ると今度は昨晩追いかけてきた裸体の女たちへの恐怖心が蘇った。

里沙は女たちが物陰に潜んでいないか警戒し、怯えながら駅に向かう。

いったい何なの、と思う。

一行がおかしくなったり、奇妙な女に狙われたり、裸の女たちが追いかけてきたり……。

身の回りで変なことばかりが起こる。

そう思った、そのときだった。

突然脳裏に、赤、白、黄色、緑、青、様々な花に水をやる光景が浮かんだのである。

一瞬鮮やかな花たちにうっとりするが、不思議な記憶だ、と里沙は思った。

里沙は花が大好きだが、いつの記憶かまったく思い出せないのである。

すると今度は、四十近い男性と女性が現れ、一緒に遊んだり、花を眺めたりといった幸せな映像が見えた。

見知らぬ男女であり、またしても里沙には覚えのない記憶である。

里沙は思わず頭を押さえた。

さすがに気味が悪くなり、気を紛らわすように足早に駅に向かった。

しかし、チラリチラリと知らない記憶が見え隠れする。

先ほど出てきた男性が悲しそうに去っていく。

突然若い男が現れたかと思うと、大きな庭で一緒に花の種を蒔き、水を撒く。

なぜか、先ほど出てきた女性の遺影が見える。

再びあの優しそうな若い男が出てくると、いきなり手を引かれ、車に乗せられ、山に連れて行かれる。

山の休憩所に降ろされると、夜にもかかわらず男は一人車で去ってしまう。

一瞬映像はプツリと途切れるが、再び若い男が脳裏に浮かんだ。

男に無理矢理手を引かれ、視線の先には、小さな蔵……。

あれ、と里沙は周囲を見渡した。

いつしか出版社に着いていたのだ。

ここまで来た記憶が一切ない。

小さな蔵が見えたと思ったら、急に頭の中が真っ暗になって……。

やはり思い出せなかった。

何がどうなっているのかわけが分からず、里沙は茫然と編集部に向かう。

編集部に到着するやいなや、女子社員たちの気味悪がる声が聞こえてきた。

女子社員が編集長を囲んでいる。その合間からチラリと見える編集長は彼女たちとは対照的に自慢気だった。

「どうしたんです？」

ぼんやりとしたまま声をかけると、

「大村、お前にも面白い話をしてやる」

編集長が嬉しそうに言った。

「実はな、昨日またまた面白い情報を手に入れたんだ。前に話した裸体の女たちの続報だ！」

脳裏に昨晩の出来事が過る。

里沙は放心状態のまま言った。

「それなら昨日私見ました」

みんなの視線が一気に里沙に集まった。

「本当か！　いつ！　どこで！」

「昨日の夜、市川駅にいました。七人いて、編集長が言ったように全員裸で、同じ顔、同じ体つき……」

「おい大村、もちろん写真は撮ったよな」

編集長の問いに、里沙は力無く首を振った。

「すみません、撮りませんでした」

「かぁ、お前って奴は！　大スクープを前にして写真すら撮らなかったのか！　お前な、タウン誌とはいえ編集者なんだぞ？」

「すみません」

「まあいい、各地でこれだけ目撃されてるんだ。いずれお目にかかれるだろう」

里沙は七人の女たちに追われたことも話すつもりだったが、すっかりタイミングを失ってしまった。

「ああ、そうだそうだ、あの話の続報だ。実はな、知り合いの刑事から教えてもらったんだが、少し前に女が蔵の中で死んでいたのが報道されたろう？」

そこでようやく里沙は目が覚めたようにハッとなった。

「蔵……」

「全身から茎や葉が生えて、植物化していた女の話だ」

「はい」

「この時点で十分奇妙だが、さらに奇妙なのはこのあとだ。その女の事件の捜査に当たった刑事が先日、お前と同じように裸の女たちに遭遇したそうだ。確かに全員同じ顔、同じ体つきだったそうだが、蔵で死んでいた女と同じように、全身から茎や葉が生えていて、先端には黒い花が咲いていたそうなんだ」

「茎、葉、黒い花」

里沙はとっさにあることを思い出した。

それは白いワンピースの女である。

暗くてよく見えなかったが、ワンピースの女の身体からも、何かが生えていたように見えた。

もしかしたらあれは……。

「驚くべきはこのあと！　その女たちと、蔵で死んでいた女の顔がまったく一緒だったそうだ！」

そんな馬鹿な、と思ったそのときだった。

またしても奇妙な映像が脳裏をかすめた。

真っ暗闇の中にうっすらと光が射す。

その光を遮るように、丸い穴から若い男がこちらを覗き、ニヤリと笑った。

里沙は魂の抜けたような表情となり、編集長たちに背を向けると、

「花、花、アタシの花……」

誰かに訴えかけるようにそう言いながら、フラフラと編集部を出て行った。

＊

携帯電話の着信音で里沙はハッとなった。

いつしか街中に出ており、信号がもうじき赤になろうとしている横断歩道のど真ん中に立っていた。

信号が赤に変わり、車にクラクションを鳴らされてやっと足が動いた。

横断歩道を渡りきった里沙はもう一度辺りを見渡した。

自分がなぜ街中に立っているのか分からない。

編集部での記憶はあるが、急に記憶が途切れている。

里沙は自分が怖くなった。

憶えのない映像が見えたり、記憶が途切れたり。

まるで何者かに脳と身体を支配されているようであった。

「蔵……」

時折脳裏を過るあの建物は間違いなく蔵で、蔵に閉じ込められている記憶だ。

編集長が言った、蔵の中で死んでいた植物化した女……。

その植物化した女と同じ顔、同じ身体を持つ裸体の女たち……。

再び携帯が鳴った。

液晶画面には『編集長』と出ている。

「大村です」

「おい大村、お前大丈夫か？　今どこにいる」

「すみません、実は――」

里沙の表情がこわばった。

突然遠くのほうで人だかりができ、みんな怯えた様子で道をあけていく。

裸体の女たちであった。

しかも七人ではなく、二十人以上もいるのである。

その裸体の女たちの視線が里沙のほうに向けられた。

その瞬間鋭い目つきに変わり、一斉に女たちが追いかけてきたのである。

里沙は携帯を握りしめたまま走った。

嫌、助けて！

助けてカズちゃん……。

頭の中で叫んだ瞬間、またしても奇妙な映像が脳裏に浮かんだ。

真っ暗闇の中で、たくさんの花に水をやる光景である。

映像が途切れた。

と思いきや、今度は身体に異変が起きた。
意思とは逆の方向に、手が、足が、引っ張られる。
しかし力は弱く、里沙は目に見えぬ敵と戦いながら駅に走る。
女たちはまだ追いかけてきている。
殺意を持った目であった。
ようやく駅に到着した里沙は改札を通り東京行きの電車に乗り込む。
運良くすぐに扉が閉まり、里沙は手すりのそばでくずおれた。

自由が丘駅に到着した里沙は走って一行の元に向かった。
未だに妙な力が身体を支配しようとしている。不気味な記憶もチラチラと過る。
一行のアパートに到着した里沙は一行の部屋を見上げた。
居てくれることを祈りながら階段を上る。
玄関前に立った里沙はチャイムを鳴らした。
「カズちゃん、カズちゃん」
返事はない。しかし人の気配はある。

里沙は奇妙な記憶を振り払い、自分を操ろうとする力に抗って、合い鍵を使って扉を開けた！

ベランダに通じる窓に寄りかかるようにして一行は座っていた。

茫然自失といった表情の一行は、里沙の姿を見るとハッと目を開けた。しかしその場から動くことはなかった。

里沙は愕然とした。

薄緑色の肌をした一行の身体のいたるところから、細い茎や葉が生えていたからである。

「カズちゃん！」

里沙は一行に駆け寄り、一行の身体を抱きしめた。

里沙の涙が、茎の生えた一行の腕にポタリと落ちた。

「どうしてカズちゃんがこんなことに……」

一行は視線だけを里沙に向け、

「ゴメン里沙。全部自分のせいだ」

今にも消え入りそうな声で言った。

里沙はショックであるが、同時に少し安堵した。

それは昨晩の一行とは違い、いつもの一行だからである。

「もうどれくらい前か、実は……」

里沙は一行から全て聞いた。

何も植えていないはずの鉢に突然奇妙な実がなり、それが成長し、女の姿になったこと。

最初は遊びで服を着せ、化粧をし、あくまで観葉植物として楽しんでいたが、ある晩女たちと性行為をしてしまったこと。しかしそれ以来女たちが自分をつけ回すようになったりと奇行を繰り返したため殺処分したのだが、一人だけその場におらず、処分することができなかったこと。

「たぶんあれが原因だ。こんな姿になっちまった」

里沙は依然一行を抱きしめているが、顔は青ざめ、身体は激しく震えていた。

別の人間の記憶としか思えない妙な映像が脳裏に浮かんだり、どこかに連れ去ろうとしているかの如《ごと》く身体が引っ張られるようになったのは、一行と性行為をしてからだった。

「私も……」

一行はその言葉に敏感に反応し、

「私もって、どういうことだよ」

里沙は素早く視線を一行に向けた。

「憶えてないの？　昨晩のこと」

一行はうな垂れ、

「なぜか記憶がないんだ。気づいたら、ここにいて。昨日だけじゃない。その前にも同じようなことがあった」

「そう……」

やっぱりそうだったんだ、と里沙は思った。

昨夜の一行は、一行ではなかった。

植物化してしまった一行の中には別の一行がいる、と里沙は感じた。自分のように。

昨晩の一行を思い出した里沙は、きっと植物の本能で私のところにやってきたんだ、と思った。

それは子孫を残すこと。ただただ繁殖が目的でやってきた。昨晩の一行はそんな感じだった。

「昨晩のことって、まさか俺、里沙と会っていたのか？」

里沙はうなずいた。

「まさか」

里沙はもう一度うなずいた。

一行は悲痛な表情を浮かべ頭を抱えた。

「俺はなんてことを……」

自分を責める一行を、里沙は再び優しく抱きしめた。

「もういいわ」

本心であった。

これからどうなってしまうのか正直恐ろしいが、一行とこうして一緒にいられるのならそれだけでもういいと思えた。

抱きしめたまま手を握ると、一行も弱々しくだが握り返してくれた。

心底幸せを感じた里沙は、一生このままこうしていたいと思った。

その刹那であった。

突然扉が開き二人はハッとなる。

里沙の視線の先には白いワンピースを着た女の姿があった。

里沙は女そのものもそうだが、女の変貌振りに戦慄した。

あの日はまだ〝肌が荒れている〟程度だったが、ほんの数日しか経っていないにもかかわらず、女の肌は酷く悪化していた。

腐敗しているのだ。植物だから余計にその表現が正しかった。

その腐った身体から生えている茎や葉はぐったりと萎れ、黒い花もシワシワとなっていた。

動きも老人のように鈍く、見るからに息絶える寸前であった。

しかし女の目だけは鋭く、里沙に殺意の眼差しを向けた。

里沙は恐怖心を抱くが、その場から逃げることはしなかった。

枯れ果てる寸前の女に、殺す力など残っていないと分かっていたからである。

事実そうであった。

植物の女は里沙の前に立つと里沙の首に両手を伸ばしてきたが、まったく力が無く、ただ触れているだけといった感じであった。

「少し前に、蔵である女性の死体が見つかったでしょう？　その女性の死体を見た警察の人が、裸体の女たちと遭遇したらしいんだけど、同じ姿だったたって……」

一行は一瞬動作が停止したが、驚いた様子はなかった。

里沙は女に首を絞められたまま続けた。

「前にも襲われたわ。こうやって」

「あの晩以来、女たちは明らかに里沙に嫉妬心を抱いていたんだ」

「この植物だけじゃない。家の近くで何体もの裸の女たちに追われて怖い思いをしたの」

「きっとあの日だ。俺の服に大量の種がついていて、里沙がそれを払ったろう。あの種はこの女たちの種だ。

姿形だけでなく、感情までも……」

里沙は目の前に立つ植物の女を見上げ、脳裏には数多くの裸体の女たちを思い浮かべるが、恐怖心はなかった。

一行と一緒ならば、怖い物は何もないと思った。

「殺してくれ」

うな垂れる一行が突然そう言った。

一行に視線を向け、再び女を見上げると、

「そいつだけじゃない」

「え？」

「そいつを殺したあと俺も殺してくれ。俺は里沙まで巻き込んで、もう生きる価値はない。それに、俺はもうこんな姿のまま生きたくない。いや、どうせもう長くはないだろ？　こいつみたいにすぐ枯れる」

泣きながらそう言ったのだ。


里沙は女の手を振り払うと立ち上がり、一行のそばに置いてある鉄アレイを手に取った。植物の女に警戒心はなく、里沙を殺すことだけをプログラムされているかの如くフラフラと手を伸ばしながら襲いかかってきた。

里沙の中で一瞬恐怖心と罪悪感が芽生えるが、女をキッと睨《にら》みつけると、頭を目掛けて思い切り鉄アレイを振り下ろした。

鈍い音とともに、女はまるで風船の空気が抜けるように小さく萎んでいき、ワンピースと一緒に崩れ落ちた。

　里沙は肩で息をしながら小さく萎んだ女を見下ろし、鉄アレイを床に置くと一行を振り返って言った。

「私がカズちゃんを助けるから」

　とはいえ里沙に助ける術はなく、里沙にできることは一行をまず病院に連れて行くことであった。

　しかし一行はそれを拒否した。

　こんな姿を人に見られたくはない。それが一行の最初の答えであった。

　それでも里沙は何度も一行を説得したが、結局病院に連れて行くことはできず、里沙は一行のそばに寄り添うことしかできなかった。

　里沙の願いとは裏腹に、一行の身体から生えている茎や葉はその日のうちにみるみる成長していった。

　日付が変わるころには、一行の腕や胴体や足に巻きつくほどにまでなっていた。

　しかし一行に不安や危機感はなく、生きる気力をなくしてほとんどしゃべることもなく、窓に寄りかかったまま自らの〝死〟を待っていた。

一方何とか一行を助けようと思う里沙は、身体から生えている茎を切除してみたらどうだろうかと考え、万能バサミで全ての茎を切り落としていった。

だが翌朝には新たな茎が生えてきて、数時間後には茎も葉も立派に成長し、再び一行の身体に巻きついた。

「もういいよ里沙。無理だ」

正直里沙も自分の力ではどうにもならないと思っている。

やはり一行を何としてでも病院に連れて行くべきだが、手を引くと一行は外に連れて行かれるのを察知して動こうとしない。ならば救急車を呼べばいいのだと思いつき、携帯電話を手に取ると一行はそれも察知して、そばに置いてある万能バサミを喉元に突きつけ、医者を呼んだら自殺すると叫んだのである。

里沙はもう、一行の成長が止まるのを願うしかなかった。

しかし里沙の願いは叶わず、翌日茎の先端に白い蕾がつき、さらにその翌日、真っ黒な花が咲いたのである。

「これが新月美人か」

一行が自嘲気味に言った。

そのとき、里沙は一行に寄り添っていたが、一行の声は聞こえていなかった。

蔵の中にいる記憶が見えており、全身からは茎や葉が生え、黒い花が咲いている。

ふと我に返った里沙はすぐに身体の異変に気がついた。

今さっき見えていた身体と同じように、自分の身体からも茎や葉が生えだしたのである。それはちょうどクリスマス・イヴの夜だった。

一行もそれに気づき自らを責めるが、里沙は一行に言葉をかけてやる余裕がなかった。

身体が、今までよりも強い力で引っ張られるのだ。

完全に支配されつつある身体を必死に押さえつけ、抗いながら、里沙は立ち上がると部屋にあったビニール紐を手に取り、二人が離れないように自分の手と一行の手に巻きつけ、きつく縛った。

これで一生一行と離れずに生きていける。

どんな醜い姿になっても、脳と身体を支配されても、ずっと一行のそばに居られるなら幸せ……。

事実幸せであった。

里沙の身体にも白い蕾がつき、黒い花が咲き、完全に植物化しても一行に寄り添っている里沙は幸せだった。

眠っているときはいつも、一行と結婚する夢を見たくらいだ。

しかし二人の幸せはそう長くは続かなかった。

一ヶ月くらいが過ぎたころから、一行の身体に新たな異変が生じたのである。

それは、里沙が一番恐れていたことであった。

植物の女みたいに老化が始まったのだ。

肌はもちろん、茎や葉や花も、萎れだしたのである。

いつしか空腹も渇きも感じなくなっていた二人は、長い間飲み食いをしておらず、
里沙は自分たちは植物なのだから、水を与えれば再び力を取り戻すのではないかと思い、一行にたくさんの水を飲ませたのである。

すると肌に変化はないものの、花たちは元気を取り戻したのだ。

それに安堵した里沙は毎日一行にたくさんの水を与え、また自分でも水を飲んだ。

だが一行の花が元気を取り戻したのは一時的で、一週間もしないうちにまた萎れだ

し、今度は水を与えても元気を取り戻さなくなってしまった。

一行の状態は悪化していく一方であった。

茎や葉や花だけでなく、肌は腐り、さらには呼吸も弱くなっていった。

意識が朦朧《もうろう》としている一行は、いくら呼んでも返事をしてくれず、手を握っても握り返してくれなくなった。

そして里沙もまた、完全に自分を失いつつあった。

脳と身体を蝕まれている里沙は、必死に戦いながら一行を守り続けてきたが、もう限界であった。

里沙は記憶喪失に陥ったように、一行や自分のこと以外何も思い出せなくなり、身体も言うことを聞かなくなり、さらには自身の意識までコントロールできないようになっていった。

それでも辛うじて自分を保てていたのは、一行を守らなければならないという想いがあったからである。しかし、里沙はもう別の人間、いや別の植物であった。

一行に水をやらなければ枯れ果ててしまう！

その想いが再び本来の里沙を呼び起こし、ほんのわずかな時間ではあるが里沙は自分を取り戻せた。

瞳には、窓に寄りかかる一行の姿があり、もう虫の息である。

気づけば二人を繋いでいたビニール紐は解《ほど》かれており、里沙は玄関のそばにいた。

里沙は必死に一行の元に歩み寄り、

「カズちゃん」

一行のただれた手を握りしめた。

「お願いカズちゃん返事して！」

「…………」

「死なないでカズちゃん！」

「…………」

いくら声をかけても反応はなく、もう駄目かもしれないと、一瞬諦めたその刹那であった。

一行の身体に、まだ辛うじて咲いていた黒い花たちが、床にボタボタと落ちたのである。

言葉を失う里沙に、一行は薄目を開き声を振り絞って言った。

「今までありがとな、里沙」

＊

小雨が降る夜道を裸足のまま、里沙は何者かに手を引かれるようにして歩いていく。

記憶を取り戻した里沙は頭だけを後ろに向け、一行のアパートに戻ろうと足に力を入れる。

水を与えなければ、カズちゃんが死んでしまう！　枯れ果ててしまう！

だが想いとは裏腹に、戻れない。自由が利かないのだ。

さらには、ようやく取り戻せた記憶にまた深い霧がかかりだす。

一行と初めて出会ったときの記憶や、たくさんの想い出。

待ってカズちゃん！　消えないで！

一人は嫌。一人になるくらいなら一緒に死んだほうがいい。

どうして私だけ、枯れないの？

一行の顔や姿形も脳裏から消えていく。

最後は愛情までも……。

「アタシノカラダダカラカレナイノサ」

そのとき、里沙とは思えぬ野太い声が頭に響いた。


小雨が降る中、裸足のまま、女は夜道をひたすら歩いていく。

道中、綺麗な花を見つけては摘んでいき、種も採取していく。

目的の場所に着いたのは二日後の夜であった。

そこはかつて女が生活し、死んだ場所である。

たくさんの花を抱えながら、女は古びた蔵を見上げた。

「懐かしいわね」

女は丸い穴の開いた扉を開けて中に入る。

埃臭く、どんよりとしているが、女は美味しそうに空気を吸った。

女は暗闇の中で機嫌良さそうに、道中で摘んだ花たちを土に植え、その横にたくさんの種を蒔いた。

「元気に育つのよ」

女はいったん外に出て、雲一つない綺麗な夜空を見上げたあと、自分の身体を見つめた。

一度枯れ果てたのが嘘のよう、と女は思った。

茎も、葉も、そして新月美人の花も力強く、美しい。

アタシは世界一幸せだわ。

「だってこうしてまた、世界一美しい姿でいられるんだもの」

女はウフフと妖艶に微笑むと、身体に咲いている新月美人の花をプチリと摘み、口元に近づけると、綿毛の種をフッと優しく夜空に飛ばしたのだった。

この物語はフィクションであり、実在する事件・個人・組織等とは一切関係がありません。

解説

長沼毅

この物語のタイトル『種のキモチ』の「種」は「たね」と読みます。「たね」は「植物が繁殖するための分散体」のことで、種子《しゅし》と呼ぶこともあります。

そんなの当たり前だと思われるかもしれませんが、実はこれ、生物学的には意外とやっかいでして、かつ、この物語の核心にも迫ることなので、ちょっと説明させてください。

生物学者は「種」と見たら「たね」と読むより「しゅ」と読む人のほうが多いと思います。そして、「たね」と「しゅ」では意味が違います。

生物学の「種《しゅ》」とは、人間や犬や猫など（生物学的にはヒト、イヌ、ネコなどとカタカナ書きします）、生きものの集団を区別するのに使う考え方です。あくまでも人間が編みだした考え方なので、専門家が十人いれば、考え方も十通りあるかもしれません。

その考え方の中でもっとも古典的なのは「種《しゅ》とは交配して子孫ができるものの集団」、つまり、「交わって子孫ができたら同じ種」という考え方です。

では、この物語の登場人物と登場植物の関係は、どう考えたらよいのでしょう。この物語の中で、ヒトと植物が交わって子孫ができた、と考えてよいでしょうか。もしそうなら、この植物は、ヒトと植物の「種《しゅ》の壁」を超えた新種です。これまで生物学者が知らなかった新型植物の出現、これはまさに生物進化ではありませんか！

「蔵の中」という狭い空間で、約二十年間という短い時間で（人の一生においては長い時間ですが）、ひとつの生物進化が遂げられたことに驚く人もいるでしょう。でも、現実の生物学界では、試験管というもっと狭い空間で、ほんの数年くらいのスパンで新型生物が生まれています。

そういう事実は科学論文として公表されるのですが、その前に専門家による「査読」という審査にパスしなければ公表されません。僕はたくさんの査読をやってきたので、論文を公平・公正に、かつ、冷徹に読むことに慣れています。そんな僕が、この物語を冷徹に読んでみた上で、この物語についてのコメントを述べましょう。

この物語は、第一話「開花」、第二話「擬態」、第三話「繁殖」、第四話「再生」の四つのパートからなっています。

第一話「開花」は七千日（注）にわたる幽閉にまつわる話ですが、これが語られた（ボイスレコーダーに記録された）のはほんの数日間のことだと思われます。語り手は十歳で蔵に幽閉された「アタシ」という女性で、おそらく三十歳になって間もなく衰弱死しました。十代から二十代という、比喩的には花がいたかのような年代を、暗い蔵の中で過ごしたのです。そのかわり「アタシ」は蔵の中で植物化して、比喩ではなく本当に花を咲かせたのです。「アタシ」はその花を「新月美人」と命名し、花言葉は「覚醒」としました。何に覚醒したのでしょうか。おそらく、「植物になって花が咲いたら種《たね》になる、種になったら再生できる」という願望――種のキモチ――に覚醒したのでしょう。

注　七千日は十九年と二ヶ月になります。蔵に閉じ込められたタイミングと「アタシ」のメッセージのタイミングを考えると、実際にはもっと長い時間が経っていたと思われます。メッセージにも確かに「どれだけ眠っていたのかは分からない。（中略）七千日というのは訂正するわ」とあります。

第二話から第四話までは、いったん衰弱死した「覚醒したアタシ」が復活を遂げるまでの顚末《てんまつ》です。その時間尺は、僕の計算では九月中旬から二月上旬までの約半年間。季節感もそれに合わせて、だんだん寒くなっていく感じで進行します。まず第二話「擬態」は、「アタシ」の亡骸《なきがら》を埋めてくれた小四男子が植物化する（木に擬態する）までの約半月と、木にくっついてから（行方不明になってから）その木が伐《き》られるまでの一ヶ月、九月中旬から十一月上旬までの話です。

第三話「繁殖」は、行方不明になった小四男子の従兄《いとこ》であるカズ（二十二、三歳）が「新月美人」の芽と遭遇してから植物化するまで、僕の計算では十二月四日から十七日までの二週間の話です。この間にカズは「新月美人」のヒト型植物体——「アタシ」の顔や姿形にそっくりのヒトガタ——と交わった結果、繁殖体の役割を与えられてしまいました。人間の男性としてではなく、「新月美人」の繁殖体、いわゆる「おしべ」としての役割です。

第四話「再生」では、「おしべ」になったカズは恋人のアパートに行き、その恋人を「めしべ」とするかのように交わりました。その結果、恋人の心が「アタシ」に乗っ取られてしまいました。「アタシ」が人間の体を得て復活したのです。日にちでいうと、僕の計算では十二月二十日から二月上旬頃まで。

この間にクリスマスもありました。その前日（クリスマスイブ）にはカズの体に「新月美人」の花、すなわち「アタシ」の花が咲きました。蔵の中で無為に過ごした十九回のイブの果て、二十回めのイブでやっと、種《たね》になって蔵を出た「アタシ」の彼氏カズの体で花開いたのです。

この第四話は、文章の構造が工夫されていまして、冒頭の書き出し「小雨が降る夜道を裸足のまま」が、実は、物語のオーラス（all last）の入り口でもあるというトリッキーな作りになっています。時は（僕の計算では）二月上旬の、一年でもいちばん寒い季節、小雨が降る夜道を裸足のまま歩きながら、恋人は消えつつある記憶をなんとか思いだす、それが第四話の中核です。カズの恋人であるがゆえにヒトガタの「アタシ」に嫉妬されます。そして、いまや「アタシ」の彼氏、「おしべ」としてのカズと交わり、ついには「アタシ」に心を支配されるのです。逆にいえば、「アタシ」が再生する、つまり、「種のキモチ」が実現するまでのメカニズムです。

この解説の冒頭で、「たね」は「植物が繁殖するための分散体」のこと、と述べました。この物語の種《たね》は「綿毛《わたげ》」という形で分散、いや飛散して広がります。いまのネット時代だと「拡散」というほうが分かりやすいでしょうか。この分散体はタンポポの綿毛のようです。ただ、タンポポのような〝わたぼうし〟（綿毛のかたまり）ではなく、五枚の花弁（花びら）の中心に生えています。

ちなみに、綿毛の生物学用語は「冠毛《かんもう》」、英語ではパパス（pappus、複数形はパパイ pappi）といいます。タンポポを含むキク科の植物に冠毛がみられますので、もしかしたら、新種の「新月美人」もキク科かもしれません。

確かにキク科ならうなずける点があります。キク科にはスカレシアというガラパゴス諸島の固有種《しゅ》がありますが、これは「草が木になったキク科」なのです。実は、草と木の違いは微妙でして、では竹はどっちなんだという問題もあるのですが、いくらなんでもキク科の植物は、ふつう、草と認識されるでしょう。それがガラパゴスには木になってしまった実例があるのです。そうならば、第二話「擬態」で小四男子が木になってしまったことも、うなずけるだろうと思います。

生物学の専門用語（冠毛）を出したついでにもうひとつ。カズが植物化したとき、葉の裏に生えているような産毛《うぶげ》が生えてきました。これは生物学では「毛状突起《もうじょうとっき》」、英語ではトライコームやトリコーム（trichome）といいます。トライコームは、身近なところではナス属（ナス、トマト、ジャガイモなど）の「とげ」として痛い目にあうことがあります。また、トライコームからフェロモンに似た物質が分泌され、昆虫を誘引することもあるそうです。ヒトガタとカズが交わってしまったのも、ヒトガタのトライコーム（産毛）から抗《あらが》えない色香が出ていたせいかもしれません。

抗えない、つまり、自分の意志とは別に動いてしまうのは、ホラーですね。でも、自然界では多々あることでして、『したたかな寄生―脳と体を乗っ取り巧みに操る生物たち』（成田聡子著、幻冬舎新書）にたくさんの実例が紹介されています。僕たち人間だって、気分や感情、人格までもが腸内細菌や寄生虫（トキソプラズマ）に操られているのですから、他人事《ひとごと》でもホラーでもありません。

ここで、この物語のSFチックな部分、すなわち「新月美人」という新種植物の生物学的特徴、とくに生活環《ライフサイクル》（世代交代）について考察したいと思います。まず、「新月美人」を最初に認識したのは、「アタシ」の体から短い茎が生えていて、茎が伸びて、真っ黒い花が咲いたときでした。「アタシ」は蔵の中で竜胆（リンドウ科）、彼岸花（ヒガンバナ科）、野菊（キク科）の種《たね》などを食べて生き延びてきました。その間に、おそらくキク科の野菊の種《たね》と「アタシ」の体の両方が突然変異を起こして、キクとヒトの種《しゅ》の壁を超えて融合し、植物人間あるいは人間植物になってしまったのでしょう。真っ黒い花の中心には綿毛の種《たね》がなり、吹けば飛んで分散します。

もし綿毛の種が土に落ちたらそこで発芽し、茎が伸びてヒトデ状の実を付け（この過程で花が咲くかどうかは不明）、それが熟して五体のヒトガタになります。このヒトガタからも芽が出て黒い花が咲き、綿毛の種がなって飛散します。これで綿毛から次世代の綿毛までの生活環が完結するのですが、これは受精を伴わない繁殖なので、生物学的には無性生殖といい、このケースは特に「アポミクシス」と呼ばれます。

一方、この物語では、受精を暗示するケースが二例ありました。カズとヒトガタ、そして、カズと恋人の性交です。前者ではヒトガタに「嫉妬」の心が芽生えました。

後者では恋人の心が「アタシ」に乗っ取られました。いずれの場合でも、性交は女性側の「心」に作用したようです。さらに、これらの性交の結果としてカズが植物化し、さらに恋人も植物化した可能性があります。が、しかし、小四男子の例と同様に、カズと恋人の体内にも、知らず知らずのうちに「綿毛」が入って発芽した可能性も残っています。

小四男子の例では、綿毛の種が耳や鼻に入ったことが植物化の原因だと考えられます。耳や鼻の中で発芽したのか、もっと体内の奥深くに入ってから発芽したのかは不明ですが、体内で発芽し、小四男子の体と融合して植物化するに至ったのでしょうか。そのメカニズムは僕には説明できませんが、思い浮かんだことがあります。それは昆虫がキノコになる「冬虫夏草」という実例です。画像検索してみてください。

この物語の作者である山田悠介さんは二〇〇一年に『リアル鬼ごっこ』でデビューしました。それはなんと自費出版で、いまや累計二百万部以上も売れた、そして、映画化もされたという、出版界の革命的な出来事でした。

これと同じ話がアメリカでもありました。日本では二〇一六年に公開された映画

「オデッセイ」の原作『The Martian（火星の人）』です。原作者のアンディ・ウィアーさんは専門家ではない火星オタクとして、原作を自分のウェブサイトにアップしました。するとファンから「アマゾンの電子ブックにしてほしい」という声が上がり、一冊九十九セントでそうしたら三ヶ月で三万部以上も売れて、初めての「本の出版」と映画化に至ったのです。

『火星の人』にしても『リアル鬼ごっこ』にしても、革命的な作品を世に出すには、自費出版やネット出版という革命的なルートで出すのが今日的ということでしょうか。

山田さんは革命的にデビューしただけに、作品の多くも革命的あるいはアナーキーな面があります。やはり映画化された作品『ライヴ』において、人に命を賭けたレースをさせた動機が「メディアと愚民への復讐」だったのも、山田アナキズムの表れでしょうか。それはまた、アンチ・ディズニー、ディズニー映画にありがちなハッピーエンド（ディズニフィケーション）に対する山田さんの挑戦でしょう。本作『種のキモチ』で小四男子に「いっつもバッドエンド」と愚痴らせたように。

『ライヴ』も『種のキモチ』も、東京・神奈川・千葉というように舞台設定はあまり広くないし、登場人物もちゃんと氏名で呼ばれる人は多くありません。つまり、小さな世界での物語に思えます。が、しかし、その物語はもっと広大な時空間に及び、もっと多くの人間を巻き込むことが必然として予想されます。

そんな山田悠介さんを僕は、希代《きたい》のストーリーテラーになぞらえて「日本のスティーヴン・キング」と呼びたいと思います。希代《きたい》の作家に期待《きたい》してのダジャレ落ちで。

――辺境生物学者

この作品は二〇一六年八月文芸社文庫に所収されたものです。

種《たね》のキモチ

山田《やまだ》悠介《ゆうすけ》

令和2年4月10日　初版発行

発行人――石原正康
編集人――高部真人
発行所――株式会社幻冬舎
〒151-0051東京都渋谷区千駄ヶ谷4-9-7
電話　03(5411)6222(営業)
　　　03(5411)6211(編集)
　　振替00120-8-767643

印刷・製本―中央精版印刷株式会社
装丁者――高橋雅之

幻冬舎文庫

ISBN978-4-344-42978-9　C0193　や-13-19

幻冬舎ホームページアドレス　https://www.gentosha.co.jp/
この本に関するご意見・ご感想をメールでお寄せいただく場合は、
comment@gentosha.co.jpまで。